Girl running, Boy falling

KATE GORDON

Girl running, Boy falling

Aus dem Englischen von
Sylke Hachmeister

CARLSEN

Die Übersetzerin dankt den Rheinland Lions für die Hilfe
bei der Übersetzung der Football-Passagen.

MIX
Papier aus verantwortungsvollen Quellen
FSC® C014496
FSC
www.fsc.org

First Published in Australia by Rhiza Edge, an Imprint of Rhiza Press
Translation Rights arranged through Alc Agency and Barbara Küper Literarische Agentur
Originalverlag: Rhiza Press
Originaltitel: Girl Running, Boy Fallin
Aus dem Englischen von Sylke Hachmeister
Lektorat: Katja Maatsch
Umschlaggestaltung und -typografie: formlabor unter Verwendung von Bildern von shutterstock.com / © Ron and Joe / © Kwangmoozaa
Herstellung: Karen Kollmetz
Satz: Dörlemann Satz, Lemförde
Druck und Bindung: GGP Media GmbH, Pößneck
ISBN: 978-3-551-58416-8
Printed in Germany

Prolog

Der Himmel ist Butter, Gold, ein Traum.

Wir sitzen bei Grandma T auf der Hintertreppe und essen mit klebrigen, glänzenden Fingern warmen Ingwerkuchen. Die Sonne legt sich auf Grandma Ts Hühnerstall zur Ruhe und wir haben Dreck an den nackten Füßen. Unter den Fingernägeln auch, und Matsch ziert Wallys Wangen wie eine Kriegsbemalung.

Ich sage es ihm nicht. Es gefällt mir.

»Ich bin total alle, Champ«, sagt er und streckt die gebräunten Arme über den Kopf.

»Du bist ein Schwächling«, sage ich und er stößt mir mit dem Ellbogen in die Seite.

»Ich bin zu müde für eine schlagfertige Antwort.«

»Ein einfallsloser Schwächling.«

Er knurrt mich an, dann lacht er und Unendlichkeit breitet sich in mir aus. Denn das hier sind wir. Ich und Wally und dreckige Fingernägel und gackernde Hühner und Grandma T, die in der Küche rumpusselt.

Es ist der Himmel und Sommer und Freiheit. Es ist alles.

»Also gut. Schlagfertige Antwort.« Er lässt den Blick über den Himmel schweifen. Dann schaut er wieder zu mir, grinst, räuspert sich. »Wie wär's hiermit?« Und dann legt er los und zitiert T.S. Eliot – ein Gedicht über die Zeit und Erinnerungen und Erschöpfung und Wandel. »T.S. Eliot, Champ«, sagt er. »Ist das was oder ist das was?«

Und deshalb. Genau deshalb. Wegen seiner braunen Augen und weil er ein Football-Crack ist. Aber auch – und noch mehr – weil er mal eben so T.S. Eliot aus dem Ärmel schütteln kann.

»Na ja«, sage ich, denn unbeeindruckt tun kann ich gut. »Das reißt mich nicht vom Hocker. Er hat seine geisteskranke Frau in eine Irrenanstalt sperren lassen und sie nie besucht.«

»Heftig«, flüstert Wally und seufzt. Einen vollkommenen Augenblick lang sitzen wir schweigend da.

Wally beugt sich vor und pflückt ein Blatt von dem Kaffir-Limetten-Baum, den wir gerade mit Grandma gepflanzt haben. Er hält das Blatt an die Nase und zieht die Luft ein. »Wow«, sagt er. »Hier, riech mal.« Er reicht es mir. »Lass uns ein Curry daraus kochen.«

»Curry kochen kann ich aber nicht so gut«, gebe ich zu. »Ich kann besser backen. Vielleicht könnte ich einen Kaffir-Limetten-Sirup-Kuchen backen oder ein Kaffir-Limetten-Kokos-Dessert?«

Ich nehme das Blatt und halte es mir an die Nase. Es riecht wie dieser Tag, es riecht wie der endlose Himmel.

»Ahhh, Champ«, sagt Wally, als könnte er meine Gedanken lesen. »Hast du schon mal in den Himmel geschaut und gedacht, da gehören wir eigentlich hin? Als wäre die Welt verkehrt herum und wir müssten eigentlich da oben schweben?«

Für so eine abgedrehte Bemerkung würden Peter oder Melody Wally auslachen, wenn sie hier wären. Wenn Peter oder Melody hier wären, hätte Wally das gar nicht gesagt. So redet er nur mit mir. Und ich gebe ihm immer eine ernsthafte Antwort.

Vor anderen Leuten – vor allen anderen – ist Wally der taffe Nick Wallace: der witzige Typ, der Footballspieler, der coolste Junge der Schule.

Bei mir ist er so weich wie dieses Blatt und spricht in Versen. Also bin ich wohl doch ein bisschen besonders, oder?

»Ich bin gern auf der Erde«, gestehe ich. »Ich hab gern festen Boden unter den Füßen. Oben im Himmel hast du nichts, was dich hält. Du hättest kein Zuhause.«

Darauf sagt Wally nichts. Er schaut weg und blinzelt in die Sonne. Ich frage mich, ob ich etwas Dummes gesagt habe. Mal wieder.

»Das kommt daher, dass ich langweilig bin, ich weiß«, sage ich. »Du bist ein Mensch, der fliegen kann, und ich bin einfach nur ich und stecke hier fest, die Füße auf der Erde.«

»Nein«, sagt er und schüttelt den Kopf. »Es ist besser, so wie du zu sein. Du bist wie ein Fels in der Brandung. Du würdest nie davonschweben.«

»Tiger!«, ruft Grandma T. Wally unterdrückt ein Grinsen, wie immer, wenn Grandma T oder Auntie Kath mich so nennen.

Obwohl das mein wahrer Name ist. Der Name, den ich am längsten trage, schon Jahre bevor die Lehrer mich Therese nannten, bevor Wally mich Champ oder irgendwer mich je Resey nannte. Ich habe viele Namen, weil ich vieles bin.

Ich bestehe aus vielen verschiedenen Einzelteilen. So vielen, wie es Blätter im Garten gibt.

Ich bin das Mädchen, das zur Schule geht; das Mädchen, das bei Woolworth arbeitet. Ich bin das Mädchen mit der Hauptrolle im Musical. Ich bin das Mädchen, das die erste Klarinette im Schulorchester spielt. Ich bin das Mädchen, das gern Gedichte liest. Ich bin das Mädchen, das gut backen kann und in der Mensa aushilft. Ich bin der Footballfan; die Freundin, die Nichte.

Ich bin das Mädchen, das Briefe an eine Frau schreibt, die nie antwortet. Ich schicke ihr alle meine Gedanken und Erinnerungen – *alle meine Einzelteile*.

Und sie schreibt nie zurück.

Irgendwo weit weg nimmt sie die Einzelteile und legt sie zu

einem Bild von mir zusammen, das ihrer Vorstellung entspricht. Ich frage mich, ob es mir irgendwie ähnelt.

Ich frage mich, ob sie meine Einzelteile wohl alle total bescheuert findet. Bestimmt schreibt sie deshalb nie zurück.

»Ich komme, Grandma T!«, rufe ich.

Wally steht auf und reicht mir die Hand, ich nehme sie und wir gehen zur Küche, die Finger immer noch ineinander verflochten.

Und ich würde mit ihm in den Himmel steigen. Wirklich.

Doch als wir in die Küche gehen, lässt er meine Hand los und fängt mit Grandma T eine Unterhaltung über Australian Football an. Wenn man es nicht besser wüsste – wenn man nur von außen zuschauen würde –, dann könnte man denken, alles wäre ganz normal.

Nur ein Mädchen und ihr bester Freund und ihre Großmutter und Sandwiches an einem Sommertag.

Man müsste schon sehr genau hinsehen um die Risse zu entdecken.

Hi Dad,
Siehst du, wie ich renne?
Siehst du, wie hoch ich springen kann, um den Ball zu kriegen?
Sieh mal, wie ich nach den Sternen greife.
Wie ich über den Mond springe.
Wenn ich hoch genug springe, lande ich ja vielleicht bei dir.

Erstes Kapitel

»Willst du das etwa essen?«

Peter lümmelt sich auf dem verdorrten Rasen. Seine Ohren sind rot von der späten Wintersonne. »Du holst dir noch einen Sonnenbrand«, sage ich.

»Daran sind bloß meine Haare schuld«, jammert er und klopft sich auf die feuerroten Locken. »Der Fluch der Füchse. Die Haare reflektieren oder so und man sieht immer ein bisschen rötlich aus. Egal. Ich sterbe jedenfalls vor Hunger.«

Er späht auf die zweite Hälfte meines Vegemite-Sandwiches. Ich drücke es zusammen und schiebe es mir ganz in den Mund.

»Du bist ein Vielfraß.«

»Du hattest schon zwei Bratwürste in Blätterteig!«, sage ich mit dem Sandwich im Mund. »Hiervon kriegst du nichts ab!«

»Du bist widerlich, Resey«, stöhnt Peter. »Und gemein.« Er dreht das Gesicht wieder zur Sonne.

In dem Moment lässt sich Melody neben mich plumpsen. »Du hast einen Sonnenbrand«, sagt sie zu Peter.

»Was habt ihr Mädchen bloß alle? Ich werde schon noch braun und dann seh ich aus wie die Typen in *Home and Away* und alle Football-Groupies liegen mir zu Füßen.«

Melody sieht ihn missbilligend an. »Wir setzen uns demnächst mal zusammen, Peter, und unterhalten uns über deine Fixierung auf die Football-Groupies aus der Neunten. Bestimmt hätte Freud einiges dazu zu sagen. Schlag einen Termin vor, okay?« Peter schüttelt den Kopf und macht die Augen wieder zu. Melody kramt in ihrem Rucksack, holt ein in Alufolie gewickeltes Päckchen heraus und reicht es mir. »Von meiner Mutter.«

Dankbar nehme ich es. Mrs Kwong ist die beste Köchin der Stadt.

»Sie hat Sorge, dass du bald nur noch ein Strich in der Landschaft bist.«

»Haha«, sage ich. »Das träumt sie aber nur – es sei denn, chinesische Striche sind sehr viel runder als australische.«

Melody seufzt. »Meine Mutter zeigt ihre Liebe mit Essen. Das ist pathologisch.«

»Und du siehst trotzdem aus wie ein Supermodel.« Das ist nicht übertrieben. Meine beste Freundin ist schlank wie ein Windhund und ihre Beine sind endlos lang. Melody Kwong ist der Traum aller Jungs. Pech nur, dass sie nicht auf Jungs steht. Und die Mädchen, die auf Mädchen stehen, trauen sich nicht, es bei ihr zu versuchen, weil sie so überirdisch schön ist und sie Angst haben, dass Melody ihnen ihr zartes Herz bricht.

Melody kümmert das sowieso nicht. Sie will sich nicht verlieben. Sie hält Leute, die sich verlieben, für psychisch gestört. Sie glaubt auch nicht an Seelenverwandtschaft oder Monogamie, und trotzdem ist sie *meine* Seelenschwester, seit wir uns das erste Mal begegnet sind.

Melody und ich sind schon seit der ersten Klasse beste Freundinnen. An unserem ersten Schultag ließ sie sich auf einen Baumstamm plumpsen, auf dem ich allein und verängstigt saß. »Melody Kwong«, sagte sie und reichte mir die Hand. »Du siehst deprimiert aus. Aber keine Sorge. Wenn ich groß bin, werde ich Psychologin. Ich krieg dich schon wieder hin.«

Und nach der Schule nahm sie mich mit zu sich nach Hause

und stellte mich ihrer Mutter vor, die wie ein Rockstar angezogen war und in der Küche zu Hip-Hop tanzte, während sie Cupcakes backte. Melody stellte mich vor als »meine neue beste Freundin Resey Geeves. Sie hat Probleme. Aber keine Sorge. Ich bin dran.«

Ihre Mutter sagte: »Du kannst mich Lexi nennen« und dann: »Du bist zu dünn, Resey Geeves.« Und sie gab mir den ersten Baozi meines Lebens. Ich erzählte ihr, dass meine Tante gern Ofenpommes und Cornflakes macht und dass es bei uns manchmal Tee und Käse-Mais-Chips statt Abendessen gibt. Als Auntie Kath mich abholte, nahm Lexi sie beiseite, schaute ihr tief in die Augen und sagte: »Meine Liebe, du musst unbedingt kochen lernen.«

Zehn Jahre später übt Auntie Kath immer noch.

Ich beiße in den Baozi mit Schweinefleischfüllung. Tausend göttliche Geschmackspartikel explodieren in meinem Mund. Keiner weiß genau, womit Lexi ihre Baozi füllt. Sie verrät es niemandem, nicht mal ihrer Tochter.

Melody hebt eine welke Löwenzahnblume auf und reibt sie Peter über die Nase. »Wo ist Wally?«, fragt sie.

»Football«, sagt Peter, hebt eine Schulter und lässt sie träge wieder sinken. Er schnappt sich die Blume und dreht sie langsam zwischen den Fingern. »Wo ich *auch* sein sollte. Die Mannschaft weiß nicht, was sie verpasst.« Dabei wissen wir alle, dass Peter miserabel Football spielt. Aber er versucht jedes Jahr wieder in die Mannschaft aufgenommen zu werden. Er ist wild entschlossen, es eines Tages zu schaffen.

»Du solltest dir das mit dem Football aus dem Kopf schlagen, Peetles«, sagt Melody gedehnt. »Such dir ein neues Hobby. Hey! Du könntest doch stattdessen zum Ballett gehen. In einem kleinen Tutu würdest du so süß aussehen.« Sie kitzelt Peter an den Rippen.

Anstatt sie auf den Bizeps zu boxen, was ich erwartet hätte, sieht er sie ernst an. »Gegen Jungs, die Kleider tragen, ist nichts einzuwenden.«

»Ich bin die Letzte, die das behaupten würde.« Melody verschränkt die Arme.

»Gut. Das höre ich gern.« Peters Miene wird nachdenklich. »Hey ... Viele Mädchen machen Ballett, oder? Jungs kaum. Vielleicht sollte ich mir eine Strumpfhose besorgen ...«

Na, das ist doch der Peter, den wir kennen und lieben (mal abgesehen von dem Pseudo-Machogehabe, das wir ihm natürlich nie durchgehen lassen).

»Im Ernst, Peter.« Melody sieht ihn mit ihrem Therapeutinnenblick an, die Fingerspitzen aneinandergelegt. »Wir müssen reden.«

»Klar.« Peter seufzt. »Ich freu mich schon darauf.«

»Was tätest du nur ohne mich?«, fragt Melody, schüttelt den Kopf und streckt die langen Beine in die Sonne, die offenbar nur für sie scheint. »Ihr seid beide völlig verkorkst. Peter mit seinem sexistischen Getue – das, wie wir alle wissen, eine völlig fehlgeleitete Selbstschutzmaßnahme ist. Und du mit ...« Sie grinst mich hinterlistig an. Meine Wangen brennen. Ich feuere einen Wehe-du-erwähnst-seinen-Namen-Blick auf sie ab. Peter weiß nichts von meinen Gefühlen für Wally. Weil er ein ahnungsloser Junge ist. Was normalerweise nervt, aber in diesem Fall sehr praktisch ist. Ich will nicht, dass er es weiß. Es wäre ihm total unangenehm und das Ganze ist so schon unangenehm genug.

»Also«, sagt Melody zuckersüß. »Wie geht es unseren geliebten Hawks, Peter?«

Die Erlösung naht und schwebt durch die Luft wie ein rosa Schweinchen mit Flügeln.

»Die Hawks sind wieder auf der richtigen Spur«, sagt Peter.

»Das North-Hobart-Spiel am letzten Wochenende war bloß ein Aussetzer. Es war auswärts und das Wetter war mies.«

»Ich erinnere mich«, grummelt Melody. »Ich war nass bis auf die Unterwäsche.« Sie wendet sich zu mir. »Warum begleite ich dich eigentlich schon wieder? Ich mag Football nicht mal.«

»Wär's dir lieber, wir würden stattdessen zu den Spielen der Damen gehen?«, frage ich und funkele sie an.

Melody verdreht die Augen. »Das wär schon besser. Da gäbe es wenigstens was zu gucken.«

»Au ja«, sagt Peter und grinst. »Lauter Mädels in scharfen Footballtrikots.«

Melody kreuzt ihre sagenhaften Beine zum Schneidersitz und umfasst die Knie mit ihren schlanken Händen. Sie beugt sich vor. »Weißt du, Peter, dass du im Subtext immer wieder auf *mein* Aussehen zu sprechen kommst, ist eindeutig ein Zeichen dafür, dass du krankhaft auf mich fixiert bist. Und da du mich nie haben kannst, liegt die einzige Erklärung in einer tief verwurzelten Bindungsangst. Sag mal, haben deine Eltern dich als Baby schreien lassen?«

»Hä?« Peter guckt mich verwirrt an. Ich zucke die Achseln. Ich habe auch keine Ahnung, wovon sie redet.

»Bist du gestillt worden?«, fragt Melody weiter.

»Igitt!« Peter schüttelt den Kopf und stöpselt sich Kopfhörer in die Ohren. »Mädchen sind echt bescheuert«, murmelt er, bevor er sich seiner Lieblingsmusiksendung im Radio zuwendet.

Melody dreht sich wieder zu mir um und lächelt zufrieden. Sie weiß, dass sie gewonnen hat, und Melody gewinnt gern. Vor allem gegen Peter. »Wovon sprachen wir gerade? Ach ja, von Footballmädchen. Nein danke. Jedes Mädchen, das diesen Neandertaler-Sport ernsthaft gut findet – sorry, Resey, aber du weißt, das ist echt nicht mein Ding. Tanzen dagegen ... Ich schau mir öfter mal

Tanz-Dokus auf YouTube an und … oh, Resey, du könntest mich jeden Tag in der Woche zu einer Jazztanz-Aufführung mitschleppen und ich wäre selig. Klingt das, als ob ich pervers wäre? So wie Peter?« Sie streckt die Hände aus und wackelt damit. »Ich hab nur festgestellt, dass ich total auf Jazz-Hände stehe.«

Ich versuche zu lachen, aber es klingt verkehrt.

Melody lässt die Hände sinken und seufzt. »Resey, was ist mit dir? Es geht um Wallace, oder? Immer geht es nur um den verdammten Wallace.«

Natürlich geht es um Wallace. Das wird immer so sein.

»Ich hab gesehen, wie er nach dem Spiel zu dir gekommen ist«, sagt Melody.

Bei der Erinnerung werde ich rot. Wally kommt nach dem Spiel immer direkt zu mir. Mit mir will er immer als Erstes reden.

»Er steht auf deinen Kuchen«, zischt Melody. »Ich sag es echt ungern, Resey, aber er ist nur hinter deinen süßen Brötchen her. Und das ist keine Metapher.«

Sie legt sich in die Sonne. Noch lauter verkündet sie: »Außerdem kommen die Scouts jetzt bald zu den Spielen, dann picken sie Wally heraus und nehmen ihn mit aufs australische Festland und er ist für immer weg.«

Peter hat seine Kopfhörer aus den Ohren genommen.

»Todsicher«, sagt er und starrt in die Wolken. »Manche Leute sind einfach Glückspilze, stimmt's, Resey?«

Zweites Kapitel

Melody und Peter zanken sich, wie üblich. Peter soll laut Melody endlich aufhören so ein Riesenarsch zu sein, weil manche Leute ihm tatsächlich glauben und man es seit der #MeToo-Bewegung nicht mal mehr im Spaß bringen kann sich aufzuführen wie ein geiler Bock. Und Melody soll laut Peter endlich aufhören alle Leute ummodeln zu wollen, weil nicht jeder in einer feministischen Echokammer leben will. Also alles wie immer an unserem Mittagstisch. Ich versuche die beiden auszublenden. Ich hab das neue Buch von Rainbow Rowell – ein Geschenk von Auntie Kath – und möchte schnell noch ein paar Absätze lesen, bevor es zur nächsten Stunde klingelt.

Doch wie üblich lässt Melody mich nicht. Sie will mit mir reden.

»Bestimmt wäre Resey auch Feministin«, sagt sie. »Wenn sie Zeit hätte.« Sie sieht mich vielsagend an.

»Ich weiß«, murmele ich, ehe sie es aussprechen kann. »Ich mache zu viel.«

»Das ist nicht gesund«, sagt Melody, nimmt eine Strähne ihrer langen dunklen Haare und flicht sie locker. »Du bist jung, Resey. Da musst du eine Gefahr für die Gesellschaft sein. Du musst Spaß haben und ein Riesenchaos veranstalten, bevor du dir ein Kostüm anziehst und eine PowerPoint-Präsentation machst. Hör auf so erwachsen zu tun, Resey. Hör auf jede Sekunde deines Lebens zu verplanen. Das ist schädlich für deine Entwicklung. Versetz die

Leute in Angst und Schrecken! So macht man das als Teenager.« Melody zieht ein Gummiband vom Handgelenk und bindet sich die Haare zusammen. Sie schaut mich mit hochgezogener Augenbraue an. »Wie sollen wir sonst die Welt retten?

»Bist du mit deinem Monolog fertig?«, frage ich und gucke demonstrativ wieder in mein Buch.

»Absolut nicht«, sagt Melody. »Ich könnte noch ewig über die psychologischen Auswirkungen deines durchgetakteten Lebens reden. Wo soll ich anfangen?«

Ich seufze. Ich will mir nicht schon wieder anhören, dass meine außerschulischen Aktivitäten nur eine »Vermeidungsstrategie« sind. Das ist noch so eine von Melodys Theorien. Sie denkt, dass ich mir den Alltag vollpacke, damit ich nicht an die »schlimmen Sachen« denken muss. Womit sie meine Eltern meint.

»Ich meine, wann bist du das letzte Mal nach der Schule mit uns ins Shoppingcenter gekommen?«

»Ich hab ...«

»Viel zu tun«, vollendet Melody meinen Satz und ich kann ihr nicht widersprechen, denn genau das wollte ich sagen. Und fühle mich mies dabei. Ich bin eine schlechte Freundin.

Ich bin zu vieles, zu viele verschiedene Einzelteile, und das Freundinnen-Teil ist kaputtgegangen.

»Heute komme ich mit«, sage ich kleinlaut. »Nach der Schule ist Orchesterprobe, aber die kann ich ausfallen lassen. Sie proben die Stücke aus dem Musical erst mal ohne den Chor, also muss ich da nicht hin. Ich wollte nur den Siebt- und Achtklässlern helfen.«

»Scheiße, du bist echt Mary Poppins.« Melody stöhnt.

»Halt die Klappe. Ich hab doch gesagt, ich komme mit.«

»Sehr cool.« Sie grinst. »Ich sag Roz Bescheid. Und dann machen wir die Geschäfte unsicher.«

Wie auf ein Zeichen taucht in der Ferne der kastanienbraune Schopf von Roz auf, unserer anderen besten Freundin.

Und an ihrer Seite ist Wally.

Mein Magen schlägt Purzelbäume, mit Baozi, Vegemite-Sandwich und allem.

Seine Locken sind nass vom Duschen und das Hemd seiner Schuluniform ist oben auch nass. Er sieht erledigt aus. Hätte ich doch die Hälfte von meinem Baozi für ihn aufbewahrt.

Hätte ich doch irgendwas für ihn. Ich hätte die süßen Brötchen mitbringen können, die ich gestern Abend gebacken habe. Melody hat natürlich recht. Wally liebt meine süßen Brötchen.

Roz ist als Erste bei uns. Sie hüpft und springt und lässt sich dann vor Melody auf den Boden fallen. »Du bist spät dran«, sagt Melody.

»Ich hatte eine Doppelstunde Chemie.« Roz kann man tatsächlich mit Extraunterricht in Naturwissenschaften glücklich machen. »Ich bin so nah dran am Durchbruch. Das bringt mich um. Ich krieg die Temperatur einfach nicht richtig hin. Aber ich schaff das, und wenn es mich umbringt.«

»Ich dachte, es bringt dich jetzt schon um«, sagt Melody.

»Was?« Roz kräuselt die sommersprossige Nase.

»Du bist immer noch in Chemie-kalien, was?« Melody seufzt.

»Ich bin immer noch in Chemie-kalien«, gibt Roz zu und grinst. »Ooh!«, ruft sie dann. »Oobleck!« Sie fasst in ihre Schultasche und holt ein Heft mit Albert Einstein auf dem Umschlag heraus.

»Hä?«, sagt Melody. Als Roz nicht antwortet, gibt sie auf. »Wallace, Alter!«, ruft sie. »Hast du Kaugummi unter den Sohlen? Gib mal Gas!«

Wally setzt sich neben mich. »Reg dich ab, Kwong«, sagt er und wirft ihr einen zerknüllten Zettel an den Kopf. »Ich denke sehr tiefsinnige Gedanken.«

»Du bist unterzuckert«, sagt Melody. »Ganz eindeutig.«

»Ich hab heute leider nichts für dich dabei, Wally«, sage ich.

Wally lacht und schlingt mir einen Arm um die Schulter. »Du weißt doch, dass es immer eine Freude ist, dich zu sehen, Resey. Aber deine Kochkunst ist schon, hm, der Sinn des Lebens.«

Melody macht schmale Augen. Ich beachte sie nicht. »Du bist bescheuert, Wally«, sage ich.

»Ist das dein Ernst?«, sagt er. »Dass du nichts dabeihast? Nicht mal einen Keks?«

Ich zucke entschuldigend die Achseln.

»FML«, stöhnt er.

»Du weißt schon, dass das kein Mensch laut sagt, oder?«, sage ich.

»Was täte ich bloß, wenn du mich nicht immer wieder davor bewahren würdest, mich wie ein Vollidiot zu benehmen?«

»Du … würdest dich wie ein Vollidiot benehmen?«

»Stimmt!«, sagt er. »Stimmt leider absolut.«

Später, als wir wieder in den Unterricht gehen, beugt Melody sich zu mir und fragt: »Willst du darüber reden?«

Ich schüttele den Kopf. »Nein danke, Mel.«

Ich will nicht darüber reden. Was hätte ich davon? Kein Gespräch der Welt könnte etwas daran ändern, dass die Situation unbestreitbar scheiße ist.

Denn ich will nichts lieber als ihn küssen und er hat keine Ahnung. Er wird es nie erfahren. Denn wenn Nick Wallace wüsste, dass ich ihn liebe, würde ich meinen besten Freund verlieren.

Lieber Dad,

Ich versuche immer wieder ...

Ich will nur sagen ...

Du musst wissen ...

Verdammt, warum kann ich nicht mit dir reden?

Ich muss einfach mit dir reden.

Ich brauche einfach jemanden, der mir zuhört.

Mich hört.

Hör mich.

Drittes Kapitel

Meine Mutter ist hier geboren – in dieser Stadt, in diesem Haus, auf dieser kleinen Insel unter der großen.

Meine Großeltern hatten das nicht so geplant. Grandma T ist kein Hippie, obwohl sie einige Zeit in einem Aschram in Marrakesch gelebt hat. Sie ist Biologin, Atheistin, Pragmatikerin. Nach Marrakesch ist sie zur Recherche für ihre Abschlussarbeit gereist.

Die Mantras waren für sie Geseier und bei der Meditation ist sie eingeschlafen.

Grandma T hatte sich beim Krankenhaus auf dem Hügel angemeldet. Die Ärzte dachten, sie müssten vielleicht einen Kaiserschnitt machen, weil meine Mutter verkehrt herum lag.

»Immer in die falsche Richtung unterwegs«, sagt Grandma T über meine Mutter. »Aber sie hat sich nie was sagen lassen. Niemand konnte das Mädchen überreden, dahin zu gehen, wohin sie sollte. Lief immer weiter, weiter, weiter auf dem Weg, den sie sich in den Kopf gesetzt hatte.«

Sie hatten gehofft, dass meine Mutter sich noch umdrehen würde. Bei allem Vertrauen in die Medizin wusste Grandma T, dass mit einem Kaiserschnitt nicht zu spaßen war. Bei einer spontanen Geburt tut es vielleicht eine ganze Weile höllisch weh, aber dann wird die Erinnerung an den Schmerz von herrlichen Hormonen fortgespült. Die Hormone helfen dabei, dass die Milch einschießt, und das Baby kommt raus und will sie trinken.

Bei einem Kaiserschnitt hat man zuerst nicht so schlimme

Schmerzen, weil man betäubt ist. Aber dafür tut es hinterher weh, und zwar länger. Die Hormone bleiben aus, also kommt die Milch auch nicht so leicht. Und man ist schwach, so schwach und wund, dass man das Baby nicht halten kann, manchmal einen Monat oder noch länger.

Grandma T wollte unbedingt, dass ihr Baby sich umdreht.

Als meine Mutter beschloss, dass sie auf die Welt kommen wollte, bereitete Grandma T gerade ein Relish zu.

Grandma T kann wahnsinnig leckeres Relish machen – das ist der einzige Vorteil daran, dass sie »alt und im Krieg geboren« ist. Sie macht auch wahnsinnig leckeren Biskuit- und Ingwerkuchen, aber sie macht ihn heimlich und isst das meiste selbst. Nur mir gibt sie manchmal ein Stück ab, weil sie weiß, dass ich ihre Kuchenliebe geerbt habe. Als ich fünf war, musste ich ihr hoch und heilig schwören, keiner Menschenseele zu verraten, dass sie eine verkappte Nigella Lawson ist.

Wally darf bei ihr so viel Kuchen essen, wie er will, denn für sie ist er ein Prinz. Weil er ihr mit den Pferden hilft und *Doctor Who* mit ihr guckt und über ihre Witze lacht und ihr sagt, sie sei »cool«.

Sie ist ja auch cool. Jedenfalls ist sie keine gewöhnliche Großmutter.

Und sie macht das allerbeste Relish.

Das machte sie auch an dem Tag, als ihr Baby beschloss sich umzudrehen und auf die Welt zu kommen.

»Da ist das Mädchen einmal in die richtige Richtung unterwegs«, sagt Grandma T, »und genau zum falschen Zeitpunkt.«

Auntie Kath weiß noch, wie die Glasschüssel auf die Fliesen knallte, Tomaten die Küche rot färbten und der Holzlöffel hinterherklapperte. Sie erinnert sich an das Gebrüll, »wie eine von den Kühen auf Bobs Weide gegenüber«.

Sie weiß noch, wie Grandma T schrie: »Hol deinen Vater, Kathlynn. Jetzt sofort, verdammte Scheiße.«

Sie erinnert sich an das Wasser überall auf den Fliesen und dass sie dachte, es käme aus dem Topf auf dem Herd, bis sie sah, dass auch Grandmas Hinterteil nass war.

»Kommt sie?«, fragte sie.

Grandma T nickte. »Sie ist unterwegs. Jetzt hol schon deinen Vater.«

Granda Craig war unten am Damm. Er trug seinen Hut mit der breiten Krempe und Gummistiefel und suchte nach »irgendwas, was verstopft oder überflutet war« – das weiß Auntie Kath nicht mehr und Granda Craig auch nicht.

Sie erinnern sich nur noch an den Moment, als Auntie Kath sagte: »Mum ist überall nass und sie brüllt wie eine Kuh.«

Granda Craig hob Kathlynn, die barfuß gekommen war, hoch und rannte mit ihr durch den Matsch und an den tänzelnden Pferden vorbei zurück ins Haus, in dem es nach Tomaten roch.

Und da hörten sie es. Ein neues Brüllen. Das klang nicht mehr wie eine Kuh – eher wie ein extrem schlecht gelaunter Austernfischer.

Mum war schon da.

»Ist geschlüpft wie ein Vogeljunges«, sagte Grandma T, und dann fiel sie in Ohnmacht.

Der Krankenwagen kam und brachte Grandma T und ihr Baby ins Krankenhaus. Mum kam in ein spezielles Bettchen mit spezieller Luft und sie führten ihr einen Schlauch in den Bauch ein, weil sie noch nicht richtig trinken konnte.

Als Grandma T zu ihrem Baby gebracht wurde, sagte sie zu Granda Craig, dass Mum den Namen einer Pflanze bekommen solle, »weil du unten auf der Wiese warst, als sie kam«.

Sie hieß Laurel, Lorbeer. Aber alle nannten sie Birdie.

Auntie Kath sagt, sie habe da schon gewusst, dass meine Mutter die Wilde sein würde – das Luftwesen –, während ihr die Rolle derjenigen zufiel, die auf dem Boden blieb.

Als ich klein war, sagte ich immer zu ihr: »Ich will nie so ein Luftwesen sein wie sie. Ich will bei dir auf dem Boden bleiben.«

Viertes Kapitel

Wir sitzen bei Banjo's in unserer Lieblingsnische: Roz und Melody und ich. Melody zerlegt gerade eine Bratwurst in Blätterteig. Erst isst sie den Teig – nachdem sie ihn in hauchdünne Streifen zerpflückt hat –, dann bricht sie winzige Stückchen der graurosa Wurst ab.

Melody isst, wie sie lebt – sie pflückt alles auseinander und untersucht die Einzelteile, dann zieht sie eine Schicht nach der anderen ab und schaut, was sich darunter verbirgt.

Roz trinkt einen großen Cappuccino. Sie taucht den Finger in den mit Kakao bestreuten Milchschaum und leckt ihn ab, was sie nie tun würde, wenn ihre strengen Eltern dabei wären.

Sie ist immer noch gesittet, still und korrekt, denn Milchschaum mit Kakao macht noch kein neues Mädchen. Aber mit uns zusammen ist sie entspannter. Sie lächelt.

Zu Hause darf sie keine Jogginghosen anziehen. Zum Abendessen muss sie im Rock erscheinen. Wenn sie mit uns zusammen ist, balanciert sie einen Löffel auf der Nase. Eher leise und sie wird rot dabei, aber immerhin. Wir sind ihr Zuhause. Wir alle sind füreinander ein Zuhause. Und wir haben alle unsere Fehler und zoffen uns manchmal, aber so ist das in jeder Familie, oder?

Ich esse eine Apfelschnecke, von außen nach innen. Den Zuckerguss habe ich schon abgepult. Ein bisschen davon bewahre ich am Tellerrand auf, wie eine kleine Skulptur – das wird Roz gefallen und Melody Futter für ihre Psychoanalyse geben.

Letztes Mal habe ich eine tote Maus geformt und sie mit dem Bauch nach oben auf den Laminex-Tisch gelegt. Das war ein Festtag für Melody.

Wir drei sitzen zwischen einem Berg Einkaufstaschen eingeklemmt. Melody hat einen Stapel *Buffy*-Comics und das neue Haim-Album erstanden. Roz hat sich ein Paar flache Glitzerschuhe und ein marineblaues Kleid gekauft (»*Ist* ja auch für die Kirche«, hat sie seufzend gesagt, als Melody sagte, es sehe aus wie für die Kirche). Roz hat in der Drogerie sehnsüchtig einen rubinroten Lippenstift angeschaut, ihn aber im Regal gelassen und gemurmelt: »Meine Eltern würden ja doch dahinterkommen.«

Ich habe nichts gekauft. Ich habe genügend Jeans und Hoodies für ein ganzes Leben, und der Bücherstapel neben meinem Bett ist so hoch, dass ich vielleicht mit vierzig damit durch bin.

»Ich wusste, dass du nichts kaufen würdest«, mault Melody. »Du bist so was von vorhersehbar. Total neurotisch.« Sie schmeißt ein wabbeliges Wurststück in meine Richtung. Ich ducke mich, es prallt von der Scheibe hinter mir ab und landet in Roz' Tasse.

»Igitt.« Roz fischt es heraus, untersucht es und steckt es dann in den Mund. Sie kaut nachdenklich. »Mit Teig schmeckt die Wurst eindeutig besser«, sagt sie.

Melody tut so, als müsste sie würgen, dann wendet sie sich demonstrativ ab. »Wieso kaufst du dir eigentlich nie irgendwas, Resey? Du musst doch steinreich sein. Du arbeitest ständig in diesem schrecklichen Laden und gibst nie einen Cent aus. Echt nie.«

»Stimmt doch gar nicht. Vor ein paar Wochen hab ich mir eine Josh-Ritter-CD gekauft«, betone ich. »Und ein neues Etui für die Mundstücke meiner Klarinette und neue Schuhe für die Arbeit.«

»Zwanzig Dollar bei JB, zehn bei Barrett's und dreißig bei Target.« Melody rechnet es an den Fingern vor. »Was machst du mit den restlichen Hunderten von Dollar?«

Ich zucke mit den Schultern. »Na ja, wir spenden für die Mädchenschule in Sierra Leone ...«

»Absolut notwendig, aber der Spaßfaktor hält sich in Grenzen.«

»... und ein bisschen gebe ich auch für Bücher und Kunstkram aus ...«

Melody fällt mir ins Wort. »Dabei hast du nie Zeit zu lesen oder zu malen!«

Ich gehe nicht darauf ein.

»... aber das meiste bringe ich zur Bank.«

»Wofür, Geeves? Ich bin ja absolut für die finanzielle Unabhängigkeit der Frau, aber das hat doch noch Zeit. Jetzt ist das Geld erst mal zum Ausgeben da.«

Ich zucke die Achseln. »Ich werde es für die Uni verwenden oder zum Reisen ... oder so.«

Bei dem Wort »Reisen« klopft mein Herz schneller.

Denn ich möchte reisen. Und wie. Ich möchte diese Schule in Sierra Leone sehen. Ich möchte den Louvre sehen und das Guggenheim-Museum in Bilbao. Ich möchte Konzerte in der Wiener Staatsoper besuchen und Musicals auf dem Broadway. Und Mann, ich würde echt gern mal ein Fußballspiel in Manchester oder Liverpool sehen, um zu begreifen, weshalb die Engländer ihren Sport besser finden als Australian Football.

Aber ...

Ich hab Angst. Wegzugehen. Zu fliegen. Keinen festen Boden unter den Füßen zu haben.

Wenn Fliegen womöglich genau das ist, was mich verändert? Wenn das der Auslöser ist? Wenn ich mich dadurch in *sie* verwandele?

»Weiß ich noch nicht«, murmele ich achselzuckend. »Das finde ich schon noch raus.«

Melody legt den Kopf schief. »Das ist es ja, Resey. Du weißt nicht, wofür du dein Geld ausgeben willst. Genau darin manifestiert sich doch dein innerer Konflikt. Du weißt überhaupt nicht, was du willst! Du weißt nicht, ob du Malerin sein willst oder Schauspielerin oder Musikerin oder ... Wally!«

»Ich will nicht Wally sein«, protestiere ich und runzele die Stirn. »Wie meinst du das?«

»Nein. Ich meine, Wally ist hier. Da.« Melody zeigt zum Fenster hinaus, dem hinteren Fenster, das auf den Brunnen mitten im Shoppingcenter hinausgeht.

Da sitzt er und starrt aufs Wasser.

Mein Herz bebt.

Er sieht aus wie ein Gemälde.

»Müsste er nicht beim Training sein?«, fragt Roz und sieht mich an.

Ich zucke die Schultern.

Aber sie hat recht. Natürlich. Am Wochenende ist das große Spiel der Hawks gegen Clarence. Wally müsste auf jeden Fall beim Training sein.

Ich kneife die Augen zusammen. Er hält irgendwas in den Händen. Ein Buch, oder doch nicht? Jedenfalls keins zum Lesen. Ein Notizbuch?

Er kritzelt wie wild hinein.

»Keine Ahnung. Vielleicht ist er krank«, sagt Melody. »Aber was ich gerade sagen wollte ...«

Und Melody vergisst Wally und wendet sich wieder ihrem Lieblingsthema zu: meinem gestörten Hirn.

Ich schalte ab; ich beobachte Wally.

Beim Mittagessen war er ziemlich still. Aber so ist er manchmal. An manchen Tagen ist er in sich gekehrt. Noch etwas, was wir gemeinsam haben.

Peter vermutet, dass er dann über Football nachdenkt, dass er Marks und Kicks und Tacklings noch mal durchgeht. Ich glaube nicht, dass es nur so was ist. Wally hat mehr als Football im Kopf. Aber ich bin die Einzige, die das weiß. Das vertraut er nur mir an.

Welche Form die Wolken haben zum Beispiel und wie sich der Regen anhört, wenn er auf Grandma Ts Blechdach prasselt (»wie hunderttausend kleine Herzschläge oder winzige Flügelschläge«) und was passiert, wenn wir sterben.

In Wallys Vorstellung existieren Himmel und Hölle bloß in unserem Gehirn und zwar in dem Moment, in dem das Herz aufhört zu schlagen. Er glaubt, dass sich diese paar Sekunden zu unendlichen Jahren dehnen und man währenddessen sein Leben noch einmal durchlebt – das, was man gemacht hat, und, noch wichtiger, die Menschen, die dabei waren und die man geliebt hat.

Wenn sich die guten Menschen – solche, die viele Freunde und Verwandte hatten, von denen sie geliebt wurden – an ihr Leben erinnern, ist das etwas Fröhliches. Das ist dann der Himmel. Die fiesen Menschen aber müssen bis in alle Ewigkeit über ihre üblen Taten nachdenken und darüber, dass sie nie jemanden wirklich geliebt haben und nie wirklich geliebt wurden.

Das ist die Hölle.

Er sagt, das Leben nach dem Tod sei entweder golden oder grau und wir allein hätten es in der Hand zu bestimmen, welche Farbe es haben wird.

Wally hat mehr als Football im Kopf.

Natürlich redet er auch über den Scout und die Australian Football League und darüber, dass er für jeden Verein spielen würde, solange es nicht Collingwood ist. Er spricht von der Brownlow-Medaille und der Trophäe für den besten und fairsten Spieler, von der Meisterschaft und vom Ruhm.

Und genau das sehen die anderen. Sie sehen sein unbändiges Lächeln, seine Begeisterung. Doch wenn wir zu zweit sind, verändert sich sein Gesicht. Es verdüstert sich und er fragt mich, was er machen soll, wenn der Scout ihn nicht gut findet, wenn die AFL ihn nicht will. Darauf sage ich, was ich ihm schon öfter gesagt habe, nämlich: »Dann studierst du eben einfach Mathe. Du kannst Ingenieur werden wie dein Vater.«

Und jedes Mal antwortet Wally: »Vielleicht. Vielleicht könnte ich das machen, Champ. Das wäre vernünftig, oder? Aber ich wäre nie so gut in Mathe wie mein Vater. Ich werde auch nie ein so guter Footballspieler sein wie er, aber ich glaube, wenn ich mich richtig anstrenge, bin ich nicht schlecht.«

Und ich denke daran, wie gern ich Schauspielerin werden würde, obwohl es nicht *vernünftig* ist.

Bei den vernünftigen Sachen fühle ich mich immer ein bisschen leer, aber wenigstens machen sie mir keine Angst.

»Vielleicht reicht es ja«, sage ich dann zu Wally, »einfach das zu tun, was okay ist.«

Darauf antwortet Wally nicht, weil er wahrscheinlich sowieso bekommen wird, was er sich wünscht. Das Besondere, das Wilde, nicht nur das, was okay ist.

Weil er Nick Wallace ist.

»Und? Liebst du ihn immer noch?«

»Hmmm?« Ich reiße mich von Wally am Brunnen los. Melody hat ein Katzengrinsen im Gesicht.

Und einen Ketchupklecks am Kinn.

»Was?«

»Bist du immer noch total in Nicholas Alexander Wallace verknallt?«

Natürlich. Weil er mir Sachen erzählt, die er sonst niemandem anvertraut. Weil er Gedichte rezitiert, ohne dabei wie ein Blödmann zu wirken. Weil er Nick Wallace ist.

»Halt die Klappe.«

»Mel, lass das«, sagt Roz. Dankbar lächele ich sie an. Manchmal denke ich, Roz kriegt mehr mit, als ich vermute. Sie lächelt zurück. »Meint ihr, ich sollte mir die Haare abschneiden lassen?«, fragt sie und pustet sich den kastanienbraunen Pony aus den Augen. Sie versucht Melody abzulenken.

Sie ist echt ein Schatz.

Aber Melody ist Melody und lässt sich natürlich nicht ablenken.

»Resey«, sagt sie. »Diese Sache mit Wally nimmt langsam pathologische Züge an. Seit wann bist du jetzt in ihn verliebt? Moment, seit drei Jahren, acht Monaten und ...«

»Melody!« Ich stöhne.

»Lass sie«, sagt Roz sanft. »Komm, wir reden über was anderes.«

»Mir gefällt deine Frisur, wie sie ist«, sage ich. »Du siehst aus wie Lizzie Siddal.«

»Ich find's langweilig.« Sie seufzt.

»Ihr nervt alle beide«, sagt Melody. »Rasier dir den Kopf, Roz. Leb ein bisschen. Lebt beide ein bisschen, bevor ihr alt oder tot seid.«

Unten am Brunnen steht Wally auf. Er steckt das Notizbuch in den Rucksack, streicht sich mit der Hand über die Locken und schüttelt den Kopf wie ein Hund nach einem Bad. Dann geht er zum Ausgang Richtung Mount Street.

»Und? Liebst du ihn nun immer noch?« Melody lässt nicht locker. Sie ist ein Pitbull.

Ich wende den Blick von Wallys Rücken, der immer kleiner wird. »Auntie Kath sagt, was die Menschen Liebe nennen, ist nur eine chemische Reaktion, die Tiere dazu bringt sich fortzupflanzen«, sage ich. »Ich glaube, eigentlich ist das ein Zitat aus *Rick and Morty* …«

»Ich werd mich nie verlieben«, sagt Melody und leckt ihre Ketchuptüte ab. »Verliebtsein ist ein völlig unnatürlicher Zustand. Der Mensch ist nicht für ein monogames Leben geschaffen. Außerdem macht es einen nur unglücklich.«

»Meine Eltern sind glücklich«, sagt Roz und wir gucken sie beide geschockt an. Das ist das Letzte, was wir von Roz' Eltern gedacht hätten. »Was ist?«, fragt sie und sieht uns abwechselnd an. »Sie sind glücklich miteinander. Nur ich bin eine Enttäuschung für sie.«

»Wie könntest du für irgendjemanden eine Enttäuschung sein?«, frage ich, und Melody sagt: »Sie sind nur glücklich miteinander, weil sie beide so pingelig und dysfunktional sind. Und weil sie mit dem patriarchalen Konzept einer lebenslangen Ehe aufgewachsen sind. Das ist so altmodisch, dass es nicht mal komisch ist.«

»Na ja …«, setzt Roz an. Aber Melody fällt ihr ins Wort.

»Und was Resey und ihre irrationale Fixierung auf Nick Wallace angeht, das muss aufhören. Das Leben ist kurz, Therese. Am besten solltest du …«

Während Melody weiter und weiter redet und meine Optionen aufdröselt, meine Fehler, mein ganzes Leben, sehe ich, wie Wally zum Ausgang geht.

Er blickt hoch, guckt fast in meine Richtung, aber an mir vorbei, als befänden wir uns in verschiedenen Wirklichkeiten – in parallelen Daseinsebenen.

Ich wüsste gern, was er sieht.

Lieber Dad,
Ist dir schon mal aufgefallen,
Dass man den Regen riechen kann, bevor er fällt?
Glaubst du, bei Menschen ist es genauso?
Glaubst du, man kann es an ihnen riechen,
Bevor sie fallen?

Fünftes Kapitel

Auntie Kath fährt mich mit ihrem winzigen, quasi-vintage (Nullerjahre-Vintage) Beetle zur Arbeit. Während wir über die Straße hubbeln, wackelt die künstliche Gerbera in ihrer kleinen Halterung.

»Wieso musterst du das Teil nicht aus?«, frage ich Kath, nicht zum ersten Mal. »Du kannst Gerbera doch nicht ausstehen.«

»Die war beim Auto dabei«, sagt Kath wie üblich. »Es fühlt sich verkehrt an, sie auszumustern. Mabel wäre vielleicht traurig.«

»Mabel ist nicht lebendig.«

»Hör nicht auf sie, altes Mädchen.« Auntie Kath sieht mich von der Seite missbilligend an. »Du weißt, dass sie älter ist als du. Behandle sie mit ein bisschen Respekt.«

»Du bist ganz schön schräg.«

Auntie Kath wirft den Kopf in den Nacken und stößt ein kehliges Lachen aus. »Ich bin doch nicht schräg«, sagt sie und wischt sich die schwarz geränderten Augenwinkel. »Meine Güte. Du müsstest mal ein paar von den Leuten sehen, mit denen ich an der Uni war. Dann wüsstest du, was schräg ist.«

»Ob wohl welche von denen kochen können?«, sage ich sehnsüchtig.

»Die meisten wissen kaum noch, wie sie heißen.« Kath legt zwei Finger an die Lippen und pustet. Sie zwinkert mir zu. Ich weiß Bescheid.

Sie fährt auf das Woolworth-Gelände und hält mit elegantem

Schwung auf einem Parkplatz für Leute mit kleinen Kindern. Auntie Kaths Wagen mag leicht exzentrisch sein, doch ihr Fahrstil ist einfach vollendet.

»Und los«, sagt sie, beugt sich über mich und öffnet die Beifahrertür. »Scan die Milky Ways und Mini-Hotdogs, als hinge dein Leben davon ab. Ich werde so stolz auf dich sein.«

»Danke fürs Fahren, Auntie Kath.«

»Kannst du mir ein paar Milky Ways mitbringen? Ich hätte sie nicht erwähnen sollen. Jetzt knurrt mir der Magen.«

»Wird gemacht.« Ich schlage die Tür zu. Die Gerbera wackelt und sinkt zur Seite wie eine müde alte Dame.

Ich sehe Auntie Kath im Rückspiegel an, während sie ihn wieder richtig einstellt und sanft auf Mabels Armaturenbrett klopft. Sie hupt mir zweimal zu und gleitet davon in die Nacht.

Rhino ist schon im Personalraum und isst eine aufgewärmte Steak-Pilz-Pastete aus der Delikatessenabteilung.

»Rhino«, sage ich und nicke ihm zu. »Das ist ja mal eine Abwechslung. Steak-Pilz hattest du noch gar nicht.«

Er schaut auf. Er grinst und seine dunklen Augen funkeln. »Ich probier sie alle durch. Ich lebe gefährlich. Das ist mein kleines Pasteten-Abenteuer, Tiger!«

Rhino gehört zu den wenigen Leuten außerhalb meiner Familie, die mich mit meinem wahren Namen ansprechen. Das ist so ein Insider zwischen uns. Er heißt eigentlich Ryan, aber so nenne ich ihn auch nie.

»Hey, was ist beim Elefanten klein und beim Tiger groß?«, fragt er. Ich stöhne. Rhino hat seine Bestimmung darin gefunden alle Tigerwitze der Welt zu googeln und mein Leben damit zu bereichern, dass er sie mir alle erzählt.

Sie werden von Tag zu Tag schlechter.

»Ich weiß nicht, Rhino«, sage ich. »Was also?«

»Das t.«

Wider Willen muss ich lachen. »Der ist richtig schlecht, Rhino. Und? Wie ist es so?«, frage ich. Noch so ein Insider.

Er gibt dieselbe Antwort wie immer. »Na, du weißt schon, Tiger. Gut. Mörderisch gut.«

Das ist ein Zitat aus einem Film, den Rhino mag. Ich weiß nicht mehr, welcher Film, und ich weiß auch nicht mehr, wann er das zum ersten Mal gesagt hat oder warum ich auch damit angefangen habe. Es ist nur so ein alberner Spruch, wie man ihn bringt, wenn man so eine sinnlose Arbeit macht wie wir bei Woolworth. Nur eine Kleinigkeit, die verbindet.

Ich setze mich ihm gegenüber an den Plastiktisch. »Und? Wie schmeckt Steak-Pilz?«

»Scheußlich, Tiger. Scheußlich. Aber wie gesagt, ein Abenteuer. Wie geht's Auntie K?«

»Besteht vehement darauf, völlig normal zu sein.«

»›Normal‹ ist subjektiv. Das ›normal‹ von Auntie K ist ziemlich cool, weißt du?«

»Weiß ich, wie du weißt. Ich ziehe sie nur gern ein bisschen auf. Aber ihr Auto ist schon etwas speziell.«

»Ihr Auto ist echt dope.«

»Versuch's gar nicht erst, das klingt bei dir einfach nicht.« Ich wische Rhino ein herunterhängendes Stück Pastete, das in die Freiheit entschwinden will, von seinem gefräßigen Mund.

»Weiß ich«, sagt er. »Aber du musst zugeben, dass der Ausdruck bei keinem richtig gut klingt.«

»Seid gegrüßt, Kameraden.« Flo salutiert und geht schnurstracks zum Kühlschrank.

Flo heißt eigentlich Chloe, aber irgendwie ist daraus im Laufe des Jahres, das wir jetzt alle hier bei Woolie zusammenarbeiten, Flo geworden. Cloe. Chlo. Chlo-Flo. Flo. Jetzt ist Chloe genauso ausrangiert wie Ryan und Therese.

»Hat irgendwer irgendwas Leckeres übrig gelassen?«

Wenn man nach der Schicht etwas unbeschriftet im Kühlschrank hinterlässt, geht es in den Allgemeinbesitz über. Das ist die Regel. Wenn man die Nachtschicht hat, kann man manchmal richtig Glück haben. Die Leute von der Tagschicht bringen hin und wieder Reste vom Abendessen für die Mittagspause mit, bekommen dann aber einen Jieper auf Pommes. In diesem Laden geht es manchmal nicht ohne Pommes.

»Nee.« Flo seufzt und knallt die Kühlschranktür zu. »Nur ein bisschen von Grants halb gegessenem Korma. Und wir wissen alle, dass das ein Teufelszeug mit Kokosaroma ist.« Sie schüttelt sich. »Ich trage davon immer noch Narben auf der Seele.«

Flo lässt sich betrübt auf den Stuhl neben Rhino sinken, kramt in ihrer Handtasche und fördert ein in Alufolie eingeschlagenes Päckchen zutage. »Dann wird es wohl Mums Eibrot mit Curry.«

Ich rümpfe die Nase. »Man riecht's bis hier.«

»Das würd man noch in Sibirien riechen«, ergänzt Rhino.

»Ist aber lecker.« Flo spricht mit einem grellgelben Matsch im Mund. Sie schluckt und grinst. »Und ich kann alle Männer, die mich ›Schätzchen‹ nennen, richtig doll anhauchen. Tierisch gut.«

»Ist Eloise heute da?«, fragt Rhino hoffnungsvoll.

Eloise ist unsere Nachtchefin. Sie studiert Frühpädagogik und behandelt uns, als wären wir ihre Küken. Vor allem drückt sie ein Auge zu, wenn wir uns entspannen und quatschen.

Flo schüttelt den Kopf. »Leider, leider unterstehen wir heute dem großartigen ...«

»Cloe Hammersmith, bitte zur Kasse drei. Chloe Hammersmith.«

»Dem Jamienator«, stöhnen wir wie aus einem Mund.

Flo schaut auf ihre Uhr und seufzt. »Echt jetzt? Ich bin eine Minute zu spät. Ich fass es nicht, der Jamienator steht einfach auf Machtspielchen, oder? Hier das Sagen zu haben ist ihm direkt in den dummen pickligen Propellerkopf gestiegen. Bis später, Leute.« Flo schiebt sich den Rest vom Eibrot in den Mund. »Ich werde nicht mal ein Tic Tac lutschen und Jamie direkt in sein dummes Gesicht hauchen.« Sie schüttelt den Kopf. »Flachwichser«, murmelt sie und verlässt den Personalraum.

Rhino steckt sich sein Namensschild an den Schlips. »Wir gehen dann wohl besser mal rein und stapeln ein bisschen Obst und Gemüse, wenn wir Jamies Zorn entgehen wollen.«

»Eloise wird ihm schon was erzählen, wenn er uns runterputzt«, sage ich, aber ich bin schon aufgestanden. »Die Boscs-Flaschenbirne ist wieder da und die Drachenfrucht. Die hat die Nummer zwo-null-eins-sechs. Ach ja, und Zimtäpfel gibt's auch wieder und die holländischen Roten Drillinge, aber da muss man die Kunden an der Kasse fragen, sie sehen nämlich genauso aus wie ...«

»Okay, okay, hab schon verstanden, Tiger.« Rhino grinst. »Du bist der Rain Man der Gemüseabteilung. Gibt es eigentlich irgendwas, worin du nicht perfekt bist?«

Ich seufze. »Nein. Eigentlich nicht. Nicht dass es mir irgendwas bringen würde.«

»Du meinst dein tragisches Liebesleben?«

Ich stecke mir mein Halstuch an. »Unter anderem.«

Es macht mir nichts aus, mit Rhino über die Liebe zu reden. Ich kann mich mit ihm über alles Mögliche unterhalten. Wir haben zwar nicht solche Themen wie Wolken, den Tod oder die Zukunft, aber wenn ich mit ihm rede, kommt mir nichts richtig ernst vor. Selbst mein nicht vorhandenes Liebesleben hat etwas Komisches. Es ist, als ob wir über uns selbst lachen. Über unsere Misere. Wir sitzen im selben Boot.

Rhino mit der großen Nase, der Zahnspange und der wilden schwarzen Mähne, Rhino ist wie ich. Wir sind Chaoten. Verlorene. Rhino versteht mich.

Er weiß, wovon ich rede, wenn ich sage, dass mein Herz wie eine Tomate ist, die von einem marodierenden Stier in Pamplona zertrampelt wurde (auf einem dieser Festivals, auf denen sich minderbemittelte Australier gern aufspießen lassen).

Rhino hatte vor einer Weile mal eine Freundin. Sie hieß Aysha. Sie war ätzend zu ihm und hat ihm sein armes kleines Rhinozerosherz gebrochen. Eine ganze Woche lang gab es keine Tigerwitze.

Rhino kennt die Liebe, die falsche Sorte. Die schmerzhafte Sorte.

Jetzt hat er schon länger kein Mädchen mehr erwähnt. Ich frage mich, ob es eine gibt. Ich komme mir mies vor, weil ich ihn nicht danach gefragt habe.

»Wie steht's mit dir?«, sage ich. »Bist du in irgendjemanden verliebt? *Truly, madly, deeply in love?*«

»Herrlich unmoderne Anspielung auf die Neunziger, Tiger«, sagt er. »Savage Garden, wenn ich mich nicht irre. Was ist bloß aus denen geworden?«

»Du hast meine Frage nicht beantwortet, Rhinosenkranz.« Ich ziehe ihn an seinem langen Pferdeschwanz. »Bist du unter schwerer Liebeslast?«

Rhino salutiert leicht. »Da du die Frage so kreativ gestellt hast ... Ich bin in der Tat ein verliebter Rhino.«

Ich boxe ihm gegen den Arm. »Du hast eine Freundin? Das ist ja super! Wieso weiß ich nichts davon?«

Rhino schaut an mir vorbei. »Hm, weil ich ein geheimnisvoller Typ bin?«, sagt er und wackelt mit den Augenbrauen.

Ich klatsche in die Hände. »Hey! Ich muss alles wissen! Erzähl mir alles über deine Freundin. Wie heißt sie? Wie ist ...«

»Keine Zeit, Tiger«, sagt Rhino. »Du weißt, dass der Jamienator auf niemanden wartet. Nicht mal auf Tiger und Rhinozerosse.«

»Ich weiß«, sage ich seufzend. »Weißt du noch, als wir das letzte Mal zu spät gekommen sind?«

»Zahnbürsten. Kartoffelkisten. Schrubben. Klar weiß ich es noch.« Er verdreht die Augen. »Der Mann ist ein wandelnder Witzbold. Das ewige *World of Warcraft*-Spielen hat unserem unerschrockenen Warmduscher eindeutig Mitgefühl und Humor verliehen. Zum Glück haben wir ja uns. Und Flo.«

»Ja«, sage ich. »Gott sei Dank. Was täte ich nur ohne dich, Rhino?«

»Verschrumpeln wie eine Rosine vermutlich«, sagt er.

»Vor dir war mein Leben ein einziges Elend, mein behufter Freund«, sage ich und hake mich bei ihm unter, als wir zum Serviceschalter gehen.

»Ich weiß«, antwortet er. Und dann summt er. Ich unterdrücke ein Lächeln. Das ist noch so ein Insider – das Summspiel. Rhino steht auf Popmusik aus den Neunzigern. Todsicher weiß er, was aus Savage Garden geworden ist. Und todsicher kann er alle ihre Songs auswendig.

Dieses Rätsel ist leicht, schließlich haben wir gerade noch von dem australischen Schnulzen-Duo gesprochen. »*I Knew I Loved You*«, sage ich stolz.

»*You know you did*«, gibt er augenzwinkernd zurück.

Und dann singen wir zusammen.

Es ist vielleicht kitschiger Teeniepop und ziemlich schaurige Musik, aber der Song handelt von dem, was fehlt, und von Seelenverwandten. Unwillkürlich denke ich an Wally. Und habe ein warmes Gefühl im Bauch.

Lieber Dad,
In jeder Wand, jedem Stuhl, jedem Boden
Ist ein Loch,
Und wenn ich mich setzen will, falle ich.
Wenn ich aufstehen will, stolpere ich.
Wenn ich mich anlehnen will,
Taumele ich.
Aber nie ganz zu dir zurück.
Dabei will ich nur das eine –
Dorthin fallen, wo du bist.

Sechstes Kapitel

Meine Mutter hat meinen Vater in der Grundschule kennengelernt. Er mochte Lastwagen und sie konnte sie gut zeichnen. Sie konnte alles gut zeichnen (künstlerisches Talent liegt bei uns in der Familie), aber Lastwagen waren ihre Spezialität. Als sie sagte: »Guck mal, ich hab den Mack Trident hier gezeichnet«, hatte sie ihn am Haken.

»Kurzer oder langer Radstand?«, piepste er und sie wusste, dass er für immer ihr gehörte.

Sie verbrachten jede Mittagspause zusammen, zeichneten und spielten mit den Tonka-Autos von meinem Vater. Er erzählte ihr, dass er Lastwagenfahrer werden wollte, wenn er groß wäre. Sie wusste, dass seine Eltern das nie erlauben würden. Seine Familie verkehrte in den besseren Kreisen. Sie wohnten in der College Road und waren die besten Freunde von Roz' Großeltern. Für sie war meine Mutter Laurel, nicht Birdie. Sie musste die Schuhe ausziehen, bevor sie ins Haus kam. Vor dem Tee musste sie sich Hände und Knie waschen (was sie komisch fand, denn sie aß ja nicht mit den Knien). Sie hörte, wie etwas von »Kompostgeruch« getuschelt wurde. Meine Mutter wusste, dass mein Vater kein Lastwagenfahrer werden würde, und sie behielt recht.

Meine Mutter und mein Vater teilten nicht nur die Liebe zu übergroßen Fahrzeugen. Sie hatten auch ein Einhorn namens Fiona, das in Grandma Ts Hühnerstall wohnte und alle eckigen Eier fraß, bevor meine Eltern sie finden konnten. Fiona selbst legte als Ersatz für die eckigen Eier glitzernde mit kleinen Einhörnern darin. Manchmal erhaschten meine Eltern einen Blick auf sie – sie funkelten in den Sonnenstrahlen, die durch die Stallwände brachen –, ehe die Elfen kamen und sie holten.

Meine Mutter und mein Vater legten sich auf die Lauer. Sie wollten den Elfen ins Anderswo folgen, wo die Elfen lebten und auch Fionas Familie zu Hause war. Und wo die Geister hinliefen, wenn sie ihren Tanz auf dem Damm beendet hatten.

Doch die Elfen waren zu flink und zu gerissen. Sie wussten, dass sie beobachtet wurden. Sie bestachen die Hühner mit speziellem Schokofutter; dafür inszenierten die Hühner ein Ablenkungsmanöver und die Elfen konnten unbemerkt entwischen. Wenn die Hühner flatterten und der Hahn krähte, achteten meine Eltern einen Moment lang nicht auf die Elfen und weg waren sie.

Dann trotteten meine Eltern niedergeschlagen zurück zu Grandma T und erzählten Auntie Kath alles – von den Einhörnern, den Elfen, den Glitzereiern und den bestechlichen Hühnern. Auntie Kath zeichnete Bilder von den Elfen und den Eiern – ihre Bilder waren wunderschön, aber Mum sagte, sie sähen nicht richtig aus.

Da sagte Auntie Kath zu meiner Mutter, sie solle ihre eigenen Bilder zeichnen, damit sie sehen könne, was sie falsch gemacht habe.

Meine Eltern holten ihre Notizbücher und ihre Buntstiftkästen heraus, um Fiona, die Elfen und manchmal auch das Anderswo zu zeichnen.

Keiner von beiden konnte so zeichnen wie Auntie Kath, aber es ließ sich nicht leugnen, dass sie von ihrer Vision vom Anderswo ganz und gar erfüllt waren.

Auch wenn auf den Bildern von meinem Vater immer Lastwagen waren.

Grandma T versorgte sie mit schwarzem Johannisbeersaft und Ingwerkuchen, noch ofenwarm und einen halben Zentimeter dick mit Butter bestrichen.

Sie saßen alle zusammen – Mum, Dad, Auntie Kath und Grandma T –, bis der schwarze BMW am Straßenrand hielt (niemals in der Einfahrt) und hupte.

»Und dann sagte dein Vater jedes Mal: ›Danke für den Kuchen und danke für den Saft und morgen komme ich wieder, Birdie. Wir fangen diese dummen Elfen noch.‹«

Wenn Auntie Kath von diesen Zeiten spricht, ist ihr Blick fern und weich. Ich weiß, dass in ihrem Kopf fortwährend ein Film abläuft, eine ewige Spule aus Licht und Ton – und *ihr*.

Sie lächelt. »Und dann sagte Birdie jedes Mal: ›Danke für die Zeichnung‹, denn die durfte sie wie immer behalten. Und deine Grandma T sagte: ›Ich freue mich dich morgen wiederzusehen, junger Mann. Träum schön heute Nacht.‹ Und daraufhin, das werde ich nie vergessen, guckte dein Vater immer traurig und sagte: ›Ich glaube nicht, dass ich träume.‹ Der BMW hupte wieder – sie kamen nie herein –, und wenn dein Vater ging, war er immer … so viel kleiner. Wenn er Elfen jagte und Lastwagen zeichnete, wirkte er wie ein großer Junge, aber sobald das schwarze Auto hupte, schrumpfte er. Wir sahen ihm nach, wie er davonging, und hätten ihn am liebsten behalten.«

Sie konnten ihn nicht behalten. Und ich konnte ihn auch nicht behalten.

Jetzt sitzen Wally und ich beisammen und schauen zum Hühnerstall. Wir sehen nie Einhörner oder die hinterlistigen Elfen. Aber mit Wally neben mir kann ich glauben, dass es sie gibt.

Nick Wallace schafft es, dass man an Wunder glaubt.

»Deine Mutter war auch so«, sagt Auntie Kath.

Und sie reicht mir ein Bild, das sie gezeichnet hat, während wir über die alten Zeiten geplaudert haben.

Es ist natürlich ein Bild von einer Elfe, auf einem Einhorn. Aber sie sieht aus wie ich. »Ich bin keine Elfe«, sage ich. »Ich bin nicht magisch.«

Sie verdreht die Augen und reicht mir eine Hand. »Tanz mit mir, Tiger.«

»Es spielt keine Musik«, wende ich ein. »Und sag jetzt nicht so einen Kitsch von wegen, ich soll zu der Musik in meinem Kopf tanzen.«

»Würd ich nie tun«, knurrt sie. »Sagt irgendwer so was außer in amerikanischen romantischen Komödien?«

»Amerikanische romantische Komödien sind doch schon seit mindestens zehn Jahren out«, sage ich.

Auntie Kath drückt die Play-Taste an ihrem alten CD-Spieler auf dem Kühlschrank. »Genau wie CDs«, füge ich hinzu.

Sie lacht, als die ersten Takte eines Songs aus den staubigen Boxen dringen. Den Song kenne ich gut, Auntie Kath spielt ihn andauernd. Es ist ein Song aus ihrer Kindheit – er handelt von Magie und Wundern und ist von Fleetwood Mac, der alten Hippie-Band.

»Gute Wahl«, sage ich, während sie mit mir durch den Raum hüpft. »Hattest du den schon ausgesucht?«

»Nee«, sagt sie. »Das ist einfach Magie.«

»Und in Grandma Ts Stall gibt es Elfen«, sage ich gedehnt.

»Kann schon sein.«

»Und Liebe existiert«, fahre ich fort, »und Einhörner galoppieren durch die Straßen von Burnie.«

Der Song wechselt zu einem über Tränen und Singvögel.

Und manchmal fliegen wilde Vögel wieder nach Hause. So müsste mein Satz enden, aber ich sage es nicht.

Siebtes Kapitel

Auntie Kath bringt mir eine Tasse Tee. Mit Milch und zwei Stück Zucker. »Danke«, sage ich und lächele. Sie braucht mir keinen Tee zu bringen – das weiß sie –, aber sie macht es gern.

»Erlaub mir ab und zu, dass ich dich verwöhne«, sagt sie. »Ich weiß, dass du das nicht brauchst – so ein großes, selbstständiges Mädchen, wie du bist. Aber ab und zu kannst du mir das gönnen, okay?«

Am liebsten trinken wir beide English-Breakfast-Tee. Wir mögen auch Darjeeling und Russischen Karawanentee. Nur Earl Grey verabscheuen wir. Der schmeckt wie Seife.

»Ich würde dir ja gern Scones und andere Leckereien backen wie Grandma T, aber Tee ist leider das Beste, was ich zustande bringe.«

»Grandma T hat dich eben dazu erzogen, nur zu kochen, wenn du Lust dazu hast«, erinnere ich sie. »Sie sagt immer, als Feministin hat man die Wahl, ob man in der Küche stehen will oder nicht.«

»Vielleicht hätte ich mehr Lust Zeit in der Küche zu verbringen, wenn ich nicht fast jedes Mal alles verbrutzeln würde.« Auntie Kath lacht. »Ein Glück, dass ich wenigstens eine gute Künstlerin bin, was?«

»Du bist eine tolle Künstlerin. Und mit deinen Backkünsten, das wird.« Ich versuche sie zu ermutigen. »Du machst echt Fortschritte.«

»Tiger, gestern Abend hab ich einen Biskuitkuchen gebacken,

der aussah wie eine Baskenmütze«, erinnert sie mich. »Aber ich krieg das schon noch hin. Auch wenn ich mich bis dahin zum Affen mache.«

»Gloria Steinem sagt: ›Ganz gleich, was du machen willst, mach es einfach. Dass du dich dabei zum Narren machst, ist absolut unerlässlich.‹«

»Na, ob sie das wohl gesagt hat, während sie Biskuitkuchen backte ...«

Ich komme langsam in Fahrt. »Und Wally hat mir mal ein Gedicht gezeigt, es hieß *Übersetzungen*. Darin ging es um Frauen und Liebe und gebackenes Brot.«

»Wally, hm?«, unterbricht Auntie Kath mich. »Der ist ein wahrer Mann der Renaissance.«

Ich zucke die Achseln und meine Wangen brennen. »Wenn es in der Renaissance schon Football gegeben hätte.«

Auntie Kath sieht mich neugierig an. Sie trägt ihre Bildhauer-Klamotten – ein altes verschlissenes T-Shirt mit Ton- und Farbflecken und eine hoch geschnittene Jeans (um 1995). Das ist ihre Arbeitskleidung. Manchmal geht sie sogar damit schlafen. Nur wenn sie eine Ausstellungseröffnung hat oder wenn sie zur Schule kommt, um mich auf der Bühne zu sehen, zieht sie etwas anderes an.

Ich wechsele das Thema. »Der Klecks auf deinem T-Shirt sieht aus wie ein Herz.«

»Das passt.« Sie lächelt. »Wenn ich meine Arbeitssachen anziehe, bin ich mir selbst am nächsten. Als ob mein Äußeres mit meinem Inneren im Einklang ist. Dann kann man mein Herz sehen.«

»Klingt ein bisschen kitschig«, sage ich. Aber eigentlich gefällt es mir.

Ich schaue an mir herab und frage mich, was meine Kleider wohl über mein Innenleben verraten.

Ich habe immer noch die schwarze Polyesterhose und die Arbeitsbluse von Woolworth an. Sie ist verknittert und hat vorn einen großen gelben Fleck von einer Fanta, die geplatzt ist.

Der Vater hat behauptet, seine kleine Tochter hätte die Flasche nicht geschüttelt. Ich hatte da so meine Zweifel. Die Kleine guckte ganz schön frech.

»Meinst du, der geht beim Waschen raus?«, frage ich Auntie Kath. Sie greift nach einem Topf mit Pinseln, nimmt einen roten Pinsel heraus und malt mir ein riesiges windschiefes Herz auf die Brust. »Nein«, sagt sie. »Aber jetzt sieht man auch dein Herz.«

Ich seufze. »Zeit für eine neue Arbeitsbluse.«

»Ich hab dir schon ein paar im Schlussverkauf besorgt. Die da kannst du zur Schule anziehen. Vielleicht wird das der neue Trend.«

»Auntie Kath, ich bin die Allerletzte in der Geschichte der Menschheit, die einen Trend setzen könnte.« Ich unterdrücke ein Gähnen.

»War heute Abend viel los?«

Ich schüttele den Kopf. »Nee, ging so.«

Tatsächlich und seltsamerweise hat es richtig Spaß gemacht. Jedenfalls soweit man mit pastellgrüner Bluse und Halstuch bekleidet Spaß haben kann.

Rhino, Flo und ich haben uns während der Schicht auf Resten von Kassenrollen kurze Nachrichten geschrieben. Rhino schrieb mir verrückte Witze. Flo zeichnete Cartoons, auf denen Jamie von einem mutierten Salamander gefressen wurde. Und mittendrin fiel eine Flasche Gleitgel hinter dem Serviceschalter um. Sosehr wir auch schrubbten, die Stelle auf dem Boden blieb rutschig. Und es machte Spaß, darauf zu schlittern.

Der Jamienator sagte, wir sollten das lassen. »Das verstößt gegen den Arbeitsschutz, Leute!«

»Ach, wir sind eben verrückte Kinder, lass uns den Spaß, James«, sagte Flo und scheuchte ihn mit einer Handbewegung weg.

Seine Ohren wurden feuerrot und er sagte, er würde es dem Manager, Mr Blakely, sagen. Aber wir wussten, dass das nur eine leere Drohung war. Er würde sich nur eine Weile hinter den Klorollen verstecken und glauben, dass wir vor Angst zitterten, während es in Wirklichkeit das Beste am ganzen Abend war – zu wissen, dass er mit roten Ohren hinter den Klorollen hockte.

Melody versteht nicht, wie ich es ertrage, bei Woolworth zu arbeiten.

»Diese Halstücher!«, kreischt sie. »Und wie die Leute dich behandeln. Ich meine, wenn die Cornflakes mal falsch eingescannt sind, geht ja schon die Welt unter. Ich bin wirklich immer dafür, traditionelle Frauenarbeit zu würdigen, aber Mensch, Resey, du kannst dich nicht mal wehren, wenn die Leute dich mies behandeln! Macht dich das nicht völlig fertig?«

Nein. Denn ich hab Flo und Rhino, und wir können über Jamie lachen, und man lernt immer neue abgefahrene Obst- und Gemüsesorten kennen und meistens sind die Leute freundlich, wenn man zu ihnen freundlich ist. Ich mag Woolworth. Und ich arbeite gern.

»Es macht Spaß, mit Rhino und Flo zusammenzuarbeiten. Aber jetzt bin ich k. o.«, sage ich.

Mein Handy brummt, ich nehme es aus der Tasche.

Es ist sooooo glllliittttschig!
Wie geht's deiner Bluse?

»Melody?«, fragt Auntie Kath.

Ich schüttele den Kopf. »Rhino. Von der Arbeit. Er fragt nach meiner Bluse. Und es gab einen ... Zwischenfall. Mit einer Flasche Gleitgel.«

Auntie Kath sieht mich fragend an. »Will ich das wissen?«

Ich ziehe die Nase kraus. »Nicht was du denkst, Auntie Kath – igitt, wir reden hier von Rhino! Wir haben es nur aus Versehen verschüttet und dann sind wir drauf rumgeschlittert ...«

Auntie Kath fährt mir durchs Haar. »Freut mich, dass du auf der Arbeit Spaß hast. Ich mach mir manchmal Sorgen um dich, weil du so viele Termine neben der Schule hast ...«

Ich zucke die Achseln. »Ich find's gut, was zu tun zu haben. Da fällt mir ein ...« Ich trinke einen Schluck Tee und mir wird warm in der Brust. »Vor dem Schlafengehen muss ich noch einen Monolog lernen. *Gefährliche Liebschaften*. Besser gesagt, *Les liaisons dangereuses*.«

Mit dem französischen Akzent, den ich mir angeeignet habe, sage ich: »›Isch 'abe gelernt bei Tisch zu lächeln, während isch mir darunter eine Gabel in den 'andrücken stieß.‹«

»Heftig«, sagt Auntie Kath mit hochgezogenen Augenbrauen. »Also gut, meine süße Workoholikerin. Geh und verschwende deine jungen Jahre ans Lernen. Aber sieh auch zu, dass du Schlaf bekommst.«

»Das ist keine Verschwendung.« Ich trinke den Tee aus und nehme beide Tassen, um sie in der Küche auszuspülen. »Es ist erhellend.«

Sie schüttelt den Kopf. »Du bist ein kleines Rätsel, Therese Laurel Geeves. Im einen Moment redest du über Football, als hättest du Jason Dunstall verschluckt, und im nächsten Moment bist du eine Intellektuelle. *Erhellend?* Du grüne Neune.«

Ich pruste los. »Jason Dunstall? Da merkt man, dass du seit den Achtzigerjahren nicht mehr Football geguckt hast. Und überhaupt, wer sagt, dass ich nicht beides kann? Football mögen und mich gut ausdrücken?«

»Keiner.« Auntie Kaths Miene ist jetzt ernst. »Keiner sagt, dass du das nicht kannst, Tiger. Gloria Steinem würde das bestimmt nicht sagen und Grandma T auch nicht.«

»Melody schon. Und sie ist die Oberfeministin.«

Auntie Kath stöhnt. »Melody … muss noch viel lernen«, sagt sie. »Genau wie du. Bei Mel drücke ich beide Augen zu, weil sie sich wirklich Mühe gibt. Aber wenn dir jemals irgendwer sonst erzählen will …«

»Werde ich ihn entweder mit meinem funkelnden Verstand vernichten oder ihm in die Eier treten«, sage ich und mache die Wohnzimmertür auf. »Keine Sorge, Auntie K. Ich krieg das hin.«

Tu ich auch.

Bestimmt.

Vielleicht.

Ich höre, wie Auntie Kath von ihrem Hocker aufsteht und wieder zu der Skulptur geht, an der sie gerade arbeitet. Es ist ein Mädchen, das auf der Seite liegt und schläft, und in den Armen hält sie ein kleines Wesen, das aussieht wie ein kleines Monster. Als ich Auntie Kath gefragt habe, was es bedeuten soll, hat sie nur die Schultern gezuckt und gesagt: »Manchmal träume ich, dass ich die Einzige bin, die die Monster in den Schlaf singen kann.«

Lieber Dad,
Wenn ich glauben würde,
Dass ich den ganzen Scheiß je auf die Reihe kriege,
Würde ich meine Füße an diese Erde heften
Und mich in ihren Himmel hüllen,
Um für immer hier zu bleiben.

Achtes Kapitel

Wally ist nicht zum Training gekommen.

»Weißt du, wo er steckt?«, frage ich Peter. Er guckt mich verwirrt an, womit meine Frage beantwortet ist.

Ich schüttele den Kopf. »Er lässt das Training nie ausfallen, und jetzt schon zweimal hintereinander.«

»Zwei Mal?«

Ich hatte Peter noch gar nichts von gestern und Wally und dem Brunnen gesagt. Als ich es ihm jetzt erzähle, guckt er mich fragend an. »Sehr verdächtig.«

Ein paar Mädchen aus der Neunten gehen vorbei, die Schulröcke im Bund hochgerollt und die obersten Blusenknöpfe offen. Peter hat lauter rosa Herzchen in den Augen, wie eine Figur von den Looney Tunes.

»Peter, hier bin ich.« Ich schnippe mit den Fingern vor seinem Gesicht. »Wenn Melody jetzt dabei wäre, würde sie …«

Peter schaudert. »Ich weiß«, sagt er matt. »Und, hey, Resey, du weißt, dass ich nicht das Riesenarschloch bin, für das sie mich hält, oder? Klar, manchmal gucke ich den Mädchen auf die … auf die Beine und so. Aber ich gebe mir Mühe, es nicht zu tun. Das Übrige ist nur Show. Die Football-Jungs …«

»Sind wirklich Riesenarschlöcher. Aber glaub mir, Pete, wir wissen alle, dass du keins bist. Und Auntie Kath sagt auch immer, dass ein gesunder Geschlechtstrieb nichts ist, wofür man sich schämen muss. Aber vielleicht könntest du ein bisschen subtiler sein? Können wir uns dann bitte wieder den wichtigen Themen zuwenden? Wally. Nicht beim Training.«

Jetzt gucken die Mädchen aus der Neunten zu uns rüber und eine verzieht den Mund, als sie sieht, dass Peter sie anstarrt. In dem Moment tut er mir fast ein bisschen leid. Peter klopft zwar immer große Sprüche, aber er ist nicht der Typ, auf den solche Mädchen stehen. Seinetwegen sind sie nicht hergekommen.

Peter Johnstone ist ein schmächtiger Nerd, er liebt Football, ist aber kein großes Talent. Was ihn nicht davon abhält, es immer aufs Neue zu versuchen. Jedes Jahr holt er wieder seine Footballshorts und -schuhe raus und zieht aufs Feld. Und jedes Jahr kommt er zurück und sagt: »Immer die nächste Saison, Resey. Immer die nächste Saison.«

Diese Mädchen wollen keinen Jungen wie Peter. Und wenn er den Macho raushängen lässt, macht er es nur noch schlimmer. Diese Mädchen wollen einen Typ mit Muckis, der eine feste Position als Full-Forward oder Ruckman hat. Sie wollen einen Freund zum Angeben.

Sie wollen Nick Wallace.

Aber Wally ist nicht da.

»Ich geh ihn suchen«, sage ich und stehe von der Bank auf.

»Wie willst du das anstellen?« Peter läuft mir nach, weg vom Platz in Richtung Bushaltestelle.

»Gestern war er am Brunnen. Vielleicht ist er da heute auch wieder.«

»Was soll das?« Peter hat mich eingeholt. »Dann verpasst er eben ein paarmal das Training, na und? Vielleicht geht's ihm nicht so gut.«

»In der Mittagspause ist er auch nicht gekommen«, sage ich. »War er im Unterricht?« Peter und Wally sind in den Kernfächern zusammen. Die einzigen Wahlfächer, die ich mit ihm zusammen habe, sind Kunst und Englische Literatur, und die haben wir mittwochs nicht.

»Ja, war er«, sagt Peter. »Wally ist immer im Unterricht. Er hat noch nie blaugemacht.«

»Football schwänzt er normalerweise auch nicht«, erinnere ich ihn.

Peter nickt. »Da hast du recht, Resey. Also, du meinst, er könnte am Brunnen sein? Hey, müsstest du jetzt nicht in Sachen Musik unterwegs sein?«

Ich schüttele den Kopf. »Fällt aus. Mr Lohrey ist in Hobart, ich glaube, zu irgendeiner Lehrerfortbildung. Ich hab alle Zeit der Welt auf Wally-Jagd zu gehen.«

»*Wo ist Wally?*«, sagt Peter leise. Er gibt ein Handzeichen, als der Bus kommt.

Eigentlich glaube ich nicht, dass Wally am Brunnen ist. Das wäre zu einfach. Im Film würde jetzt eine wilde Jagd beginnen – wahrscheinlich mit Hinweisen und verschlüsselten Botschaften –, bei der Peter und ich auf der Suche nach unserem besten Freund durch ganz Burnie geschickt würden. Vorbei an Jointley's, der großen scheußlichen Oktopus-Skulptur, den Tribünen des West Park Oval, der Fern Glade und der Aussicht vom Roundhill. Peter und ich würden durch die Stadt rasen, Brotkrumen aufsammeln und dabei etwas über Wally erfahren und auch über uns selbst. Im Hintergrund würde vielleicht ein Song von Ed Sheeran laufen.

Am Ende würden wir ihn und uns finden und alle Puzzleteile würden sich zu einem Bild fügen.

Alles würde wunderbar glatt aufgehen.

Im richtigen Leben geht es fast nie glatt auf.

Das richtige Leben ist chaotisch.

Im richtigen Leben finden wir Wally am Brunnen.

»Hey! Wally!« Peters Stimme schallt durch das Shoppingcenter. Ich stoße ihm in die Rippen. Ich hatte auf eine zurückhaltendere Begrüßung gehofft.

»'tschuldige«, sagt Peter. »Geh du vor.«

Wally dreht sich um und sieht uns an. Er verzieht das Gesicht zu einem breiten, schiefen Grinsen. Es scheint ihm nichts auszumachen, dass wir ihn erwischt haben. »Champ! Johnson! Hi!«

»Hi, Wally«, sage ich und Pete lässt sich neben Wally sinken. Ich stehe etwas unbeholfen vor ihnen. Es gibt keinen weiteren Sitzplatz. Wally sieht mich an und steht auf.

»Hau dich hin, Champ.«

Und das würde ich gern. Ich möchte mich setzen und zu ihm hochschauen und seine Wärme spüren, den Sonnenschein, den er ausstrahlt, weil er golden ist.

Doch ich schüttele den Kopf. Er soll mich nicht für ein schwaches Weibchen halten, dem er seinen Platz anbieten muss. »Alles gut, Wally, bleib sitzen.«

»Lasst uns irgendwo anders hingehen«, sagt Wally. »Habt ihr Lust auf Pommes? Ich höre, wie Jointley's mich ruft.«

»Du hast jetzt doch eigentlich Training«, sagt Pete und boxt Wally gegen den Arm, während wir nach draußen gehen.

»Wer bist du, meine Mutter?«

Peter lacht. »Hannah wär begeistert, wenn sie wüsste, dass du nicht beim Training bist.«

»Stimmt.« Wally verdreht die Augen. »Sie würde mich in Watte packen und im Schrank aufbewahren, wenn sie eine entsprechend große Packung Watte fände. *Ich bin alles, was ihr geblieben ist!*«, sagt er in melodramatischem Ton.

»Also, warum bist du nicht beim Training?«, fragt Peter hartnäckig. Ich bereue, dass ich ihn mitgenommen habe. Ich dachte, er würde cool bleiben, aber ich hätte es mir natürlich denken können. Es geht um Football. Wenn es um Football geht, kann Peter einfach nicht cool bleiben.

Wally zeigt auf sein Knie. »Ist am Wochenende passiert, da bin ich zu Beginn des letzten Viertels beim Springen blöd aufgekommen. Holland darf nichts davon mitkriegen. Er würde ausrasten und mich gegen Clarence garantiert nicht spielen lassen. Ich muss nur ein paar Tage pausieren, dann ist alles wieder paletti. Ich muss unbedingt gegen Clarence spielen. Holland geht davon aus, dass ein AFL-Scout kommt, weil MacMichael spielt, und, na ja, Holland denkt, dass der Scout nach uns beiden gucken wird. Also muss ich spielen. Das könnte meine große Chance sein. Ich kann nicht riskieren, dass Holland mich rumhumpeln sieht. Dann setzt er mich auf die Bank.«

Ich bin erleichtert. Erleichtert, dass es nur das Knie ist und nicht mehr. Hoffentlich ist das bis Samstag wieder in Ordnung. Denn wenn er dann noch nicht wieder auf der Höhe ist? Wenn der Scout wirklich kommt, und Wally versaut einen Bounce oder lässt einen Mark fallen oder schießt den Ball zum anderen Team?

Wenn nur wegen eines blöden Knies sein ganzer Traum zerplatzt?

Wenn ...?

»Resey, guck nicht so gestresst!« Wally haut mir auf den Arm. »Echt jetzt, das klappt schon. Das Knie ist heute schon fast wieder normal. Bis zum Wochenende ist das tippitoppi.«

»Ich hab mir Sorgen gemacht«, sage ich und ignoriere das Gefühl an meinem Arm – nicht vom Schmerz, sondern von Wallys Berührung. »Du hast zweimal hintereinander das Training verpasst und einfach in den Brunnen gestarrt ...«

»Ich hab mir was gewünscht«, sagt Wally und zuckt die Schultern. »Hab eine Fünf-Cent-Münze reingeworfen und ... du weißt schon. Ich mach alles, was mir Glück bringt. Ich werde auch mein Glückstrikot anziehen. Und die Glückssocken von meinem Vater.«

»Das ist eklig«, sagt Peter und rümpft die Nase. »Die ollen Käsesocken.«

»Halt die Klappe, Pete«, knurrt Wally, aber er grinst dabei.

Wir gehen zu Jointley's.

»Ich spendier dir die Pommes«, sage ich. »Das bringt auch Glück.«

»Das musst du nicht, Champ.«

»Will ich aber. Und eine Frühlingsrolle.«

»Okay, aber dann geb ich nach dem Spiel am Samstag einen aus«, sagt Wally. »Einen Eisbecher. Wir feiern zusammen, okay? Das wird super.«

Ich nicke. »Klar, Wally.«

Und ich hoffe. Ich hoffe so sehr, dass wir etwas zu feiern haben werden. Ich hoffe, der Scout findet Wally großartig. Ich hoffe, sein Traum wird wahr.

Aber gleichzeitig habe ich ein nagendes Gefühl im Bauch. Denn wenn der Scout Wally auswählt, ist er weg. Und wenn er weggeht, nimmt er die Sonne mit sich.

Da zwinkert Wally mir zu und reicht mir ein gefaltetes Blatt Papier. Ich falte es auseinander, während er und Peter am Tresen stehen.

Auf dem Blatt ist ein Smiley und darunter steht:

Don't worry 'bout a thing, 'cause every little thing gonna be alright.

Unwillkürlich muss ich lächeln. Er zitiert Gedichte, aber er zitiert auch Bob Marley. Er ist alles. Für mich ist er alles.

Lieber Dad,
Eines Tages
Wirst du mich fliegen sehen.

Neuntes Kapitel

Wally und ich sitzen im Hühnerstall, um uns herum eine Schar rauflustiger junger Hühner. Wir kümmern uns schon um sie, seit sie Küken waren – um Hodge, Mitchell, Franklin und Rioli. Wally hat sie nach seinen Lieblingsspielern benannt. Ich habe ihn damals darauf hingewiesen, dass »Franklin« kein sehr mädchenhafter Name für eine Henne ist, aber er fand das nicht weiter schlimm. Wer sagte denn, dass Franklin ein Mädchen ist, nur weil es keinen Kamm auf dem flauschigen Kopf hat?

»Vielleicht sind sie nicht binär«, sagte er an jenem Tag, als er ihnen ihre Namen gab. »Vielleicht sollten wir ihnen nicht nur aufgrund ihrer Anatomie ein Geschlecht zuschreiben.«

»Dann ... ist es vielleicht verkehrt, ihnen überhaupt Namen zu geben«, sagte ich. »Vielleicht sollten sie sich ihre Identität einfach selbst aussuchen.«

»Da ist was dran«, sagte er. »Aber ich vergebe gern Namen. Wie wär's, wenn wir sie erst mal nach Spielern benennen, und wenn sie größer sind, können sie uns die Namen verraten, die zu ihrem Innersten passen.«

»Erzählen sie uns das dann in Hühnersprache?«

»Irgendwie werden sie es uns mitteilen«, beharrte er.

»Wenn du dir einen Namen aussuchen könntest, wie würdest du dann heißen?«, fragte ich.

Er überlegte einen Augenblick. Dann lächelte er. »Robert. Viele gute Dichter heißen Robert. Robert Frost, Robert Browning,

Robert Graves ... und dann noch Robert DiPierdomenico, die Hawthorn-Legende.«

Ich stöhnte. »Du kommst immer wieder auf Football zurück.«

»Und du?«, fragte er.

Ich zuckte nur die Achseln. »Keine Ahnung. Ich glaub, ich würde die Namen behalten, die ich habe. Das sind ja schon ein paar. Mehr als genug.«

»Und wenn du nur einen einzigen Namen haben könntest?«

In dem Moment fiel mir wirklich keiner ein. Wally hatte so schnell und sicher geantwortet. Ich wusste gar nichts sicher. Nicht mal, wie ich heißen wollte, wenn ich es mir aussuchen könnte. Überhaupt nichts, was mich selbst betraf.

»Keine Ahnung«, sagte ich. »Ich würde Franklins Namen übernehmen. Falls Franklin ihn ablehnt.«

Bisher hat Franklin das nicht getan. Jedenfalls nicht, dass wir wüssten. Sie behauptet ihre Weiblichkeit mit Nachdruck, indem sie die meisten Eier von allen legt. Jedes Mal, wenn Rioli sich ihr nähern will, veranstaltet sie ein Riesentheater und zeigt sehr deutlich, dass sie und niemand sonst darüber entscheidet, ob und wann ihre Eier befruchtet werden. Ganz sicher nicht, bevor sie mit Fressen fertig ist.

Dann lässt sie ihn ackern, lässt sich von ihm den Hof machen, damit er sie zu schätzen weiß.

Und das tut Rioli auch. Franklin hat er am liebsten von allen Hühnern.

Als würde seine Liebe sie anstacheln, legt sie jede Menge Eier, große, köstliche Eier mit goldenem Dotter.

Heute haben Wally und ich schon alle Eier eingesammelt. Wir sitzen im Heu und schauen unseren erwachsenen Babys zu, wie sie herumstolzieren und flirten und futtern und schnattern.

Wally dreht und wendet ein Ei in der Hand, als wäre es ein Edelstein.

»Danke, dass du heute Nachmittag gekommen bist«, sage ich. »Grandma T freut sich sehr darüber.«

Grandma T hat Wally hergebeten, damit er ihr »mit dem Computer hilft«. Wir wissen beide, dass das nur ein Vorwand war. Grandma T ist Naturwissenschaftlerin. In den Siebzigerjahren hat sie Computer *gebaut.*

Sie wollte sich nur vergewissern, dass es Wally gut geht.

Ich hab ihr von dem wichtigen Spiel und von Wallys Knie und dem Brunnen und so weiter erzählt. Sie musste mit eigenen Augen sehen, dass er glücklich ist. *Und* vollgestopft mit Ingwerkuchen.

Er hat drei Stücke gegessen. Es geht ihm prächtig.

»Ich mag deine Grandma echt gern«, sagt Wally und leckt sich die Finger. Und dann streicht er mir langsam eine Haarsträhne aus dem Gesicht. Meine Wange bitzelt. »Ich mag dich. Das weißt du, Resey, oder?«

»Klar weiß ich das«, sage ich schnell. »Wir sind die besten Freunde.«

Das sage ich, weil ich Angst habe, dass *er* es sonst sagt.

Und dann sage ich: »Lass uns mal reingehen. Grandma T hat noch mehr zu essen für dich. Sie will dein Knie mit Butter und goldenem Sirup heilen.«

Ich warte.

Ich warte darauf, dass er sagt: »Nein, ich will hierbleiben. Ich will mit dir allein sein. Ich will hier mit dir sitzen und alle Mysterien des Universums auseinanderpflücken. Du bist die Einzige, mit der ich zusammen sein will. Die Einzige, mit der ich reden kann, jedenfalls so.«

Aber das sagt er logischerweise nicht. Stattdessen sagt er:

»Super, ich sterbe vor Hunger.« Und als wir mit unseren Körben voller Eier zum Haus gehen, sagt er: »Du hast immer noch Hühnerkacke im Gesicht. Ich dachte, ich hätte alles erwischt, aber da ist noch was.«

Der Wind wird schwächer. Und ich auch.

Zehntes Kapitel

Seufzend betrachte ich mich im Badezimmerspiegel.

Es ist Samstagmorgen. Heute ist das große Spiel. Ich sehe aus wie immer.

Ich erstelle eine Checkliste meiner Einzelteile. Sie passen nicht zusammen, es fehlt der Kitt, der sie zu einem stimmigen Bild machen würde.

Schlaffe, blassbraune Haare.

Sommersprossige Nase, leicht gebogen und mit einem Seitwärtsdrall.

Lippen wie die Schneide eines Messers.

Glupschaugen wie der Plumplori.

Und unter den Augen, unter dem Gesicht ein Körper wie eine Skulptur von Picasso.

Dürre Hühnerbeine, breite Hüften und Brüste, die sich immer noch abmühen, ein Bustier für Zwölfjährige auszufüllen. Brüste, für die Emma Houston nur ein spöttisches Lächeln übrighat. Ein Lächeln, das mir klar sagt, dass mir etwas Entscheidendes fehlt.

Emma Houstons Brüste sind wie von Rubens gemalt. Sie hat eine Figur wie eine Acht. Sie hat gewellte, rotblonde Haare wie aus der Shampoowerbung und weiche Lippen wie Scarlett Johansson. Und ihre Nase ist gerade. Ich hab die Fotos von der Verleihung der Medaille im letzten Jahr gesehen: Darauf sah sie aus wie eine Göttin. Sie hat sogar ein Bräunungsspray benutzt. *Ein Bräunungsspray.* Wie ein verdammtes Instagram-Model.

Sie sah aus wie eins der Mädchen, die die Spieler zur Verleihung der Brownlow-Medaille mitnehmen. Sie ist glänzend und vollkommen. Mädchen wie mich nimmt man nicht mit zur Verleihung der Brownlow-Medaille. Ich bin die mit der Hühnerkacke auf der Wange. Ich bin die, die ihm Scones backt.

Normalerweise ist es mir nicht besonders wichtig, wie ich aussehe, aber an Football-Tagen ...

Heute möchte ich anders aussehen, hübscher. Ich möchte, dass Wally mich in der Menge entdeckt, nachdem er einen spektakulären Mark gemacht hat, der den Scout aufmerken lässt. Wally wird mich dort sehen ... und *mich wirklich erkennen.*

Mich vielleicht mitnehmen, wenn er an die Uni geht.

Würde ich mitkommen?

Ich denke an alles, was ich hier in meiner geliebten kleinen Stadt habe – Auntie Kath und unser Haus und all die Erinnerungen. Grandma T, Melody und Roz, Rhino und Flo. Die Theater-AG und das Schulorchester. Das Schreiben, das Malen, Woolworth.

Mir gefällt es hier. Ich mag mein Leben. Doch wenn Wally weg wäre, wäre alles voller Mottenlöcher.

Würde ich mitkommen, wenn er mich fragte?

Er wird mich nicht fragen.

Krumme Nase, Sommersprossen, flache Brust. Er wird mich nicht fragen. Obwohl Emma und er sich getrennt haben, hätte ich nie eine Chance. Denn es gibt andere Mädchen wie Emma, und mit einer von denen wird Wally zusammenkommen. Die Welt mag in mancherlei Hinsicht verrückt sein, aber ein paar Dinge ändern sich nie.

Ich betrachte das Foto von meiner Mutter an der Wand. Einiges von mir erkenne ich in ihr. Die schmalen Lippen und die Sommersprossen.

Die Augen.

Doch während sie bei mir zu rund und irgendwie fremd aussehen, funkeln sie bei ihr.

Sie war so eine, die ein Junge aus der Menge herauspicken würde.

Ich zupfe an meinem Mannschaftstrikot. Wenigstens kaschiert es den nicht vorhandenen Busen und meine Taille, die eher nach außen geht als nach innen.

Ich trage meine enge Jeans dazu – die schwarze mit den Rissen, die laut Roz modern ist. Wenn ich in Jeans doch so gut aussähe wie Melody oder mich trauen würde schicke Sandalen anzuziehen oder ein Vintage-Kleid wie Roz oder vielleicht sogar hohe Absätze statt meiner üblichen Dunlop-Sneaker.

Die anderen Mädchen tragen enge Pullis und Riemchen-Stilettos oder glitzernde Flipflops, sie sind geschminkt. Wenn Roz sich mal heimlich schminkt, sieht sie schick aus. Wenn ich mich schminke, sieht es aus wie gewollt und nicht gekonnt.

Das bin ich.

Daran ist nichts zu ändern.

Ich werde immer das Mädchen mit der Hühnerkacke im Gesicht sein. Wally erzählt mir vielleicht seine Träume, er zitiert Gedichte für mich, er redet mit mir über Wolken und das Meer und Gott und das unendliche Universum – Sachen, über die er mit niemandem sonst redet –, aber trotzdem kommt es mir manchmal vor, als ob er mit einer Wand redet. Als wäre ich nur eine stille, bleiche Fläche, auf die er seine seltsamen Betrachtungen projiziert, um zu sehen, was für Bilder sie darauf ergeben.

»Gräbst du da drin ein Loch bis nach China?«, ruft Auntie Kath über die Pretenders-CD hinweg, zu der sie malt. »Ich dachte, du wolltest um elf beim Spiel sein?«

Ich schaue auf die Uhr. Scheiße. »Ich komme!«, brülle ich. Aus der oberen Badezimmerschublade nehme ich eine Tube Lipgloss (die ich vor Äonen von Roz geschenkt bekommen hab) und trage ein bisschen davon auf.

Kein Unterschied. Immer noch ich, nur jetzt mit glänzenden Lippen.

»Du siehst gut aus«, sagt Auntie Kath, als ich aus dem Bad komme. Ich weiß, dass sie das nur sagt, weil ich so lange gebraucht habe. Sie weiß, dass ich mir *Mühe gegeben* habe.

Sie wischt sich die farbbekleckst en Hände an meiner alten Woolworth-Bluse ab und reicht mir eine Tupperdose voller Energieriegel. Die habe ich gestern Abend gebacken. An Footballtagen backe ich nicht nur für Wally. Ich bringe immer irgendwas Selbstgebackenes für die ganze Mannschaft mit. Eine Abwechslung zu Orangen und Powerade. »Komm, Tiger«, sagt Auntie Kath. »Auf zu deinen Jungs. Holen wir Melody und Roz ab?«

Ich nicke. »Yep. Wenn das okay ist.«

»Das ist okay und wird auch immer okay sein.« Auntie Kath lächelt.

»Du hast Farbe auf der Wange«, sage ich.

»Seh ich aus wie Siouxsie?«, fragt sie.

»Du siehst kein bisschen aus wie Siouxsie«, sage ich.

»Mist.« Sie schnappt sich einen Waschlappen und wischt sich das Gesicht ab. Sie grinst frech und dreht den Song lauter, der gerade läuft. Den kenne ich auch. Immer wenn Auntie Kath ein bisschen Schwung braucht, legt sie ihn auf. Ich hab nie richtig verstanden, warum er *Brass in Pocket* heißt, aber ich muss zugeben, dass man davon echt gute Laune bekommt. Auntie Kath wackelt mit den Schultern und macht einen Schmollmund.

»Ja, Auntie Kath«, sage ich genervt. »Ich hab's verstanden. Du bist was ganz Besonderes.«

Roz ist bei Melody. Sie sitzen auf der Veranda und essen Nudeln. »Meine Mutter hat für dich auch welche gekocht.« Während Melody ins Auto einsteigt, reicht sie mir einen Pappbehälter. Es riecht nach Soja und Zitronengras.

Ich schaue zum Wohnzimmerfenster der Kwongs. Da steht Lexi in Band-T-Shirt und schwarzer Lederhose. Sie winkt mir zu. Ich grinse und winke zurück. Sie geht zur Stereoanlage und ein neuer australischer Hip-Hop-Hit – mit lauter lässigen Flüchen und Drogen-Talk – hüpft zur Tür heraus. Lexi schwenkt die Hüften und rappt mit.

»Deine Mutter ist der Hammer«, sage ich.

Melody nickt. »Ist sie echt. Ich versuche ihr zu erklären, was kulturelle Aneignung ist. Hat aber keinen Zweck. Sie denkt, Tkay Maidza gehört zu ihrer Gang.«

»Wer ist Tkay Maidza?«, fragt Roz verlegen. »Tut mir leid, meine Eltern hassen Hip-Hop. Bei uns läuft rund um die Uhr nur Klassik.«

»Meine Mutter würde dir bestimmt gern Nachhilfe geben«, sagt Melody. »Ich sag ihr, sie soll dir eine Playlist erstellen. Setz einfach Kopfhörer auf, dann bleiben der Count und die Countess of Grantham davon unbehelligt.«

Ich öffne den Behälter, den Melody mir gegeben hat, und sauge den Duft der Nudeln ein. Ich hatte gar nicht gemerkt, dass ich so hungrig war.

Als ich kaue und schlucke, merke ich, dass nicht nur Soja und Zitronengras im Essen sind, sondern auch Knoblauch. »Bitte sagt mir, dass eine von euch Tic Tacs dabeihat.«

»Kaugummi«, sagt Melody und holt eine Packung aus der Hosentasche. »Ich kann doch nicht zulassen, dass du Nick Wallace mit Knoblauchatem anhauchst.«

»Und wieso sollte sie Nick Wallace anhauchen?«, fragt Auntie Kath belustigt.

»Mach ich nicht«, sage ich schnell. »Fahr einfach, okay?«

Ich schaue aus dem Fenster auf den Ozean und den blauen, blauen Himmel. All meine Einzelteile brechen auseinander und fliegen davon. Ich bin ohne Form und Gestalt und warte darauf, dass mir jemand sagt, was ich sein soll.

Vielleicht warte ich darauf, dass Wally es mir sagt.

Darauf, dass er erkennt, dass wir gleich sind. Dass er mich sieht. Mich festhält. Darauf, dass wir einander einen weichen Landeplatz bieten.

Lieber Dad,
Heute werde ich fliegen.
Schau mir genau zu.
Heute steige ich vielleicht hoch genug,
Um dich noch mal zu spüren.

Elftes Kapitel

Wallys Vater ist auf einer Baustelle abgestürzt. Er war Ingenieur. An dem Tag hat es geregnet. Sie sagten ihm, er solle nicht so hoch klettern. Aber hier regnet es im Winter an sechs von sieben Tagen und sie waren schon in Verzug.

Es war nur ein Moment und ein Blick nach links statt nach rechts, ein Fuß auf die falsche Stelle.

So hat Hannah ihren Mann verloren. Und Wally seinen Vater.

Nur eine Stunde zuvor hatte Hannah ihm Frühstück gemacht – Toast mit Erdnussbutter und ein Becher Magermilchjoghurt. Mike war seit Kurzem auf einem Gesundheitstrip. Der Arzt hatte ihm gesagt, sein Blutdruck sei zu hoch. Gerade an jenem Morgen hatte Mike beschlossen jeden Tag laufen zu gehen und nicht mehr so viele Pommes bei Jointley's zu essen.

Er hatte schließlich einen kleinen Sohn. Er musste auf sich achten. Er wollte gesund sein für den Jungen.

Doch es regnete an sechs von sieben Tagen.

Es war eine Tragödie – eine große in dieser kleinen Stadt. Als Wally in der siebten Klasse bei uns auftauchte, kannte ich ihn nicht, aber wer Mike Wallace war, wusste jeder.

Es war sehr, sehr traurig.

Er war Footballspieler. Wie sein Sohn war er Ruckman – alle in der Familie sind groß. Viermal hintereinander hatte er für die Hawks die Brownlow-Medaille als bester Spieler gewonnen. Erst als Wally geboren wurde, machte er mit Football Schluss. Sein

Gesicht ist auf fast allen Fotos im Mannschaftsraum zu sehen, genau wie das seines Sohnes.

Als ich Nick Wallace an jenem Tag in der Siebten kennenlernte, wusste ich nicht, dass er der Sohn von Mike Wallace war. Ich wusste nicht, dass er im selben Jahr wie ich seinen Vater verloren hatte.

Wir waren beide drei Jahre alt, als es passierte.

Eines Abends, als wir unten am Strand Nudeln von Dave's aus Pappbehältern aßen, fragte ich ihn, was seine Eltern beruflich machten.

»Meine Mutter ist Krankenschwester«, sagte er und pulte ein hartes Stück gebratene Zwiebel aus seinem Mie Goreng. »Sie arbeitet in der Praxis von Doktor Jensen in der Stadt. Mein Vater ist tot. Schon ewig. Ich war noch ganz klein. Ich kann mich nicht mehr an ihn erinnern.«

»Oh, Scheiße, Wally«, sagte ich und ließ die Plastikgabel sinken.

Er hob eine Schulter. Er tat so, als ob es ihm nichts ausmachte, aber seine Miene war angespannt. Es tat ihm immer noch weh, das konnte ich sehen.

»Er war so eine Art Superstar.« Wally seufzte. »Kapitän der Footballmannschaft, Uni-Abschluss, super Job, eine schöne Frau und zwei Kinder. Alle in der Stadt kannten seinen Namen. Alle liebten Mike Wallace. Alle erinnern sich an ihn.«

»Moment mal, dein Vater war Mike Wallace?«

Wally lächelte ein kleines Lächeln. »Siehst du? *Alle*.«

»Er war eine Legende«, sagte ich, legte ihm leicht eine Hand auf den Arm und wünschte, meine Finger würden nicht so zittern. Und mein Magen würde nicht jedes Mal drei Etagen tiefer rutschen, wenn ich seine Haut berührte.

»Und so haben ihn alle in Erinnerung«, sagte Wally. »Es ist also nicht nur schlimm. Jung zu sterben, solange du für alle noch der

Held bist, bevor du alt und grau und krumm wirst. Das hat auch Vorteile.« Er starrte kurz aufs Meer hinaus. »Deshalb mag ich Gedichte«, sagte er nach einer Weile. »Er mochte nämlich auch Gedichte. Er hat mal ein Poetikseminar an der Uni belegt. Aber er hat Gedichte immer nur heimlich gelesen, weil, du weißt schon, ›Footballspieler lesen keine Gedichte, das sind harte Jungs‹. Er hat nie jemandem davon erzählt, außer meiner Mutter. Sie hat alle seine Bücher behalten. Sobald ich lesen konnte, hab ich sie mir geschnappt. Sie gefielen mir besser als meine Kinderbücher. Na ja …« Er schüttelte den Kopf, dass seine Locken wippten, und stocherte in seinen Nudeln herum, die mittlerweile bestimmt kalt waren. »Ich kann die Dinger hier nicht mehr sehen. Lass uns zu Jointley's gehen. Gesundes Essen ist Mist.«

Also gingen wir zu Jointley's und bestellten Burger mit Eiern und Roter Bete. Wir redeten nicht mehr über traurige Themen und ich erzählte ihm nicht von meinem Vater. Als wir am Strand entlang nach Hause gingen, Rote-Bete-Saft am Kinn, lief Wally plötzlich langsamer, nahm meine Hand und zeigte auf eine Möwe, die versuchte, ein paar Kindern ihre Pommes zu stibitzen.

»Die wäre ich gern«, sagte er.

»Eine Möwe?«

»*Diese* Möwe da«, sagte er. »Sie kennt nur Fressen und Schlaf und Wärme und den weiten blauen Himmel. Das würde mir gefallen.«

»Du meinst keine Sorgen?«, fragte ich. »Außer, wie du an deine nächsten Pommes kommst?«

»Wäre das nicht wunderbar?«, sagte Wally. »Nur Pommes und die Sonne und das leere Nichts.«

»Kennst du ein Gedicht über Möwen?«, fragte ich.

Wally schüttelte den Kopf und grinste mich schüchtern an. »Vielleicht schreib ich mal eins«, sagte er.

Lieber Dad,
Ich hab mal gelesen, dass die Seele ein Gewicht hat,
Dass der Körper leichter wird, wenn man stirbt.
Als du starbst, wurde mein Körper schwerer.
Jetzt bin ich zu schwer.
Ich möchte eine Seele sein;
Möwenleicht.

Zwölftes Kapitel

Ich sehe auf den ersten Blick, dass sein Knie nicht besser ist.

Nicht dass er humpeln oder das rechte Bein mehr belasten würde als das linke. Aber ... er läuft irgendwie anders. So läuft Wally nicht. Wally läuft, als hätte er Sprungfedern in den Beinen, als wäre jeder Schritt voller Freude. Heute läuft Wally so, als wäre er aus Stein.

Er lächelt nicht.

Wally lächelt immer, wenn er das Footballfeld betritt.

Als er vorbeikommt, winke ich ihm zu. Er winkt nicht zurück.

Er sieht mich nicht. Er ist *in sich selbst versunken*. Und da drin ist es heute dunkel. Wally weiß, dass es seinem Knie nicht besser geht. Er weiß, dass der AFL-Scout da ist. Holland hat ihn entdeckt und es den Jungs gesagt, und Faulsy hat es Peter erzählt, als sie sich bei den Pasteten angestellt haben. Und Peter hat es allen erzählt.

Der Scout ist der Typ mit der schwarzen Mütze. Er hat einen kleinen Notizblock und sieht sehr wichtig aus. Neben ihm ist ein Mädchen im marineblauen Kostüm, sie hat ihm schon drei Kaffee und eine Frühlingsrolle gebracht. Die Frühlingsrolle hat er nicht angerührt. Er hat nur daran gerochen und sie dem Mädchen zurückgegeben. Sie hat sie gegessen und so geguckt, als ob sie gleich anfängt zu heulen.

Der Typ ist auf jeden Fall der Scout und Wallys Knie ist nicht besser.

In der ersten Hälfte läuft es gut. Wally hat einen neuen Gegenspieler, nicht mehr MacMichael. Diesen hier hab ich noch nie gesehen – muss ein Reservespieler sein. Er ist miserabel. Wally gewinnt jeden Zweikampf und kurz strahlt sein Gesicht mehr Freude aus als Entschlossenheit. Doch wenn er auf dem Boden aufkommt, zuckt er immer noch fast unmerklich zusammen.

In der Halbzeit liegen unsere Jungs vier Tore in Führung. Ich gebe Wally einen selbst gebackenen Müsliriegel und er sagt: »Danke, Champ. Hast du mich gesehen? Mache ich mich einigermaßen?«

»Wally, du bist super!« Er macht sich richtig gut, trotz allem.

»Danke, du«, sagt er und streift mit den Fingern meine Wange.

»Hühnerkacke?«, frage ich und taste nach etwas Nassem auf meiner Haut. Dabei hab ich die Hühner heute Morgen gar nicht gefüttert, und ich hab fünfzigmal in den Spiegel geguckt, bevor wir losgefahren sind. »Soße?« Ich seufze, als mir die Nudeln einfallen.

»Nein«, sagt er. »Nur du. Nur ... danke. Weil du gesagt hast, dass ich super bin. Wenn du das sagst, glaube ich es.«

Peter sitzt neben mir, er hat den Schal zweimal um den Hals gewickelt, um sich vor der Augustkälte zu schützen. Ich spüre sie gar nicht.

»Alter, du bist echt gut«, sagt er, diesmal ohne eine Spur von Neid, ohne dieses unterschwellige *Mann, wenn ich doch auf dem Platz wäre*. Peter freut sich für Wally. Wir alle freuen uns für ihn. Melody holt ihm sogar eine Powerade. Das will schon was heißen. Normalerweise lässt Melody uns zu dem Stand mit den kalten Getränken laufen. Sie geht lieber zum Kaffeestand. Der wird von Hipster-Aktivisten betrieben.

Das Indie-Mädchen, das heute am Kaffeestand steht, hat raspelkurze gebleichte Haare, ein Nasenpiercing und ein Tattoo von Rosie the Riveter auf dem Arm. Melody glaubt zwar nicht an die

Liebe, aber sie glaubt an Hipstermädchen mit feministischen Retro-Tattoos.

»Meine Eltern würden so ein Mädchen als Loserin bezeichnen«, sagt Roz. Sie beißt sich auf die Lippe und fügt hinzu: »Aber das Tattoo finde ich toll.«

»Ich finde alles an ihr toll«, flüstert Melody. »Was glaubt ihr, wie oft ich mir einen Kaffee holen kann, ohne dass es auffällt?«

Am Stand mit den kalten Getränken arbeitet ein absolut nicht hipstermäßiger Typ namens Nige, der schon seit 1879 an hier stehen könnte. Die Tatsache, dass Melody Wally eine Powerade geholt hat, anstatt sich selbst noch einen Cappuccino zu bestellen, sagt schon alles. Sie will genauso wie wir alle, dass Wally Erfolg hat.

Genauso wie ich.

Auch wenn mir der Gedanke, er könnte weggehen, wehtut, überwiegt die Hoffnung, dass er es schafft.

Ich spüre noch immer seine Finger auf meiner Wange. Es hat sich so angefühlt, als wollte er sagen: *Komm mit mir.*

»Wie geht's deinem Knie?«, flüstere ich ihm zu und versuche nicht zu sehr auf seinen Geruch zu achten, als mein Mund an seinem Ohr ist.

Pfefferminz.

Schweiß.

Lynx-Deo.

Wally.

Er zuckt mit den Schultern. »Ist alles andere als super, Champ. Es tut verdammt weh. Aber ich bin trotzdem nicht schlecht, oder? Zum Glück macht Clarence, der Neue, mir nicht viel Arbeit. Keine Ahnung, wo MacMichael heute steckt, aber ich werd mich nicht beklagen!«

Das Signal zum Beginn der zweiten Halbzeit ertönt. Wally verschlingt den restlichen Müsliriegel. »Echt meisterlich gebacken!«, sagt er.

Wäre ich später mal Wallys Managerin, würde ich ihm jedes Wochenende Müsliriegel backen. Und Bananenmuffins.

»Wünsch mir Glück!« Er stößt mich mit Hüfte und Schulter an und ich tue so, als ob es wehtut. Aber ich kann mir ein Grinsen nicht verkneifen. Ich freue mich so für ihn.

Er rennt zurück auf den Platz, als hätte er Sprungfedern in den Beinen.

Doch als er den Mittelkreis erreicht, haken die Federn plötzlich. Der miese Ruckman von Clarence sitzt wieder auf der Ersatzbank. Und mitten auf dem Platz steht Tom MacMichael und dehnt seine Beinmuskeln – der Star-Ruckman von Clarence und seit zwei Jahren der beste Spieler der Mannschaft.

Es ist nur logisch. Der Clarence-Trainer hat MacMichael in der ersten Halbzeit geschont, damit er bessere Chancen hat in der zweiten Halbzeit zu glänzen. Bessere Chancen Clarence zum Sieg zu verhelfen und den Scout zu beeindrucken.

Und wie er so von einem Fuß auf den anderen hüpft, sieht er unbesiegbar aus.

Wally schaut verstohlen zu uns. Er hat Panik.

»Los, Wally!«, brülle ich, und Peter ruft: »Die Hawks vor!«

»Hawkies, go!«, schreit Roz.

Melody verdreht die Augen und murmelt »Nieder mit dem Patriarchat«.

Ich drücke die Daumen und in meinen Schuhen drücke ich auch die großen Zehen, aber mir rutscht das Herz in die Hose. Wally sieht nicht gut aus. Sein Selbstvertrauen ist erschüttert und jeder weiß, dass das Selbstvertrauen eines Spielers fast so wichtig ist wie die gute Form. Das ist ein Psychokrieg da draußen und Wally ist jetzt schon in der Defensive.

Und dann geht es los. Der Schiedsrichter wirft den Ball auf die matschige Erde. Der Ball springt direkt auf Wally zu. Normalerweise ein Kinderspiel für ihn. Aber er springt nicht hoch genug. Er springt nicht weit genug.

MacMichael kommt an den Ball.

Er kriegt ihn und sein Schlag schickt den Ball direkt zu Carpenter, einem der besten Angreifer von Clarence. Carpenter nimmt den Ball und läuft Richtung gegnerisches Tor. Er weicht Pedda mühelos aus und kickt den Ball zu Wise, dem Full-Forward von Clarence.

Wise nimmt den Mark und lässt sich Zeit, um sich für den Schuss vorzubereiten.

Der Ball geht durch die beiden mittleren Stangen wie ein heißes Messer durch Butter.

Jetzt hat Wally so richtig Panik.

Er fängt an zu humpeln.

Der Scout macht sich Notizen.

Mein Müsliriegel bringt nichts. Die Powerade auch nicht. Nichts hilft, wenn Wally Angst hat. Wir sind verloren. Und ich hab das Gefühl, dass mir der Kuchen und die Cola gleich hochkommen.

Dreizehntes Kapitel

Ich schicke sämtliche Hoffnung, sämtliche Willenskraft und sämtliches Glück, dass das Universum vielleicht für mich in petto hat, zu Nick Wallace. Und dazu noch sämtliche magischen Kräfte, die womöglich in mir stecken.

Ich habe mir die Cola über das Trikot gekippt – es ist nass und eklig. Meine Haare sind vom Wind zerzaust, meine Lippen sind rissig und meine Augen tränen, aber das spielt keine Rolle. Nichts von dem ganzen Scheiß – alles, was ich gedacht habe, als ich vor dem Spiegel stand – spielt jetzt noch eine Rolle.

Es gibt nur noch Wally.

Roz drückt mir den Arm. »Er kriegt das schon hin, Resey.«

Ich antworte nicht, kann nicht antworten. Was soll ich auch sagen?

Er humpelt und er ist am Ende und es ist hoffnungslos, aber ich feuere ihn immer noch mit meinen guten Gedanken an.

Ich starre zu ihm hin. Meine Augen sind die Kameralinse. Er ist mitten im Bild. Er ist das Zentrum von allem.

»Na los, Wally«, murmele ich.

»So ein Mist«, sagt Peter. »Er ist fertig.«

»Können wir schon zu Jointley's gehen?« Melody stöhnt. »Ich halt das nicht aus.«

»Mel«, sagt Roz sanft. Ich sehe, wie sie den Kopf schüttelt.

Ich sehe nicht, ob Melody die Augen verdreht, aber ich kann es fast spüren.

Es ist mir egal. Es ist mir egal, was sie macht und was sie denkt.

Meine ganze Seele ist bei ihm.

Ich blinzele nicht mehr.

Ganz kurz löst Wally den Blick vom Ball. Er sieht, dass ich zu ihm hingucke.

Er nickt.

Der Pfiff ertönt.

Als das Schlusssignal erklingt, rufen und brüllen die Fans der Hawks.

Die Mannschaft umringt Wally. Sie rufen und schreien und umarmen und küssen ihn und vergessen einen Moment lang, dass sie eigentlich knallharte Kerle sind, die keine Gefühle zeigen.

Ich sehe, wie der Scout zu Holland geht.

Und ich denke *Das war's. Ich hab ihn verloren.*

Denn dieses letzte Tor war magisch. Und der Scout hat es gesehen.

Ich weine. Ich weiß nicht, warum ich weine.

Wally guckt wieder zu mir. Ich erwarte, dass er lächelt, aber er guckt nur. Und ich werde aus seiner Miene nicht schlau. Ich werde aus *ihm* nicht schlau. Warum lächelt er nicht?

Ich weiß nicht, ob ich zum Parkplatz gehen und auf ihn warten soll. Das mache ich sonst immer. Um ihm zu gratulieren, ihm irgendwas Selbstgebackenes zu geben oder ihn mitfühlend anzulächeln. Das hat Tradition. Wally rechnet damit.

Aber heute ist es ... anders. Ich weiß nicht, ob er heute mit mir rechnet. Ich weiß nicht, ob er mich dahaben will.

Warum lächelt er nicht?

Peter bemerkt meine unschlüssige Miene. Er schüttelt den Kopf. »Lass ihn lieber, Resey«, sagt er leise. »Ich schätze, der ist gleich ziemlich mit Holland beschäftigt. Verfluchte Legende.«

»Aber vielleicht kommt er ja zu Jointley's«, sage ich hoffnungsvoll. »Wenn er hier fertig ist.«

Peter sieht nicht überzeugt aus, aber er weiß, dass ich mich an diese Hoffnung klammern muss, auch wenn sie nur ganz schwach ist. »Ja, vielleicht. Gehen wir?«

Ich nicke und schaue zu Melody und Roz.

»Na klar«, sagt Roz. »Da gibt's eine Pastete, da steht schon mein Name drauf. Zu Hause warten bloß die Hausaufgaben und meine Mutter, die sauer ist, weil ich den ganzen Tag auf dem Footballplatz verbracht habe – das ist ›so prollig‹ und ›solch eine Zeitverschwendung‹.« Roz tut so, als würde es ihr nichts ausmachen, aber ich weiß, dass das nicht stimmt. Ihre Eltern sind ein Albtraum. »Ich bleibe so lange bei Jointley's, wie es geht.«

»Der taucht bestimmt nicht auf«, sagt Melody und hakt sich bei mir unter. »Ich glaube, die Jungs und er genehmigen sich heimlich ein, zwei Bier bei Greens, oder? Aber ist ja in Ordnung. Wir quatschen einfach ein bisschen.«

Trotzdem fahre ich jedes Mal hoch, wenn der Plastikvorhang am Eingang von Jointley's raschelt. Die anderen plaudern fröhlich über Schule, ihre Lieblingsserien und Wallys große Karriere.

Ich warte nur darauf, dass er kommt.

»Ich glaube, wir müssen jetzt mal los, Resey.« Ungewöhnlich sanft zwingt Melody mich aufzugeben, nachdem ich über eine Stunde lang zur Tür gestarrt habe.

Auf der Heimfahrt im Auto läuft ein Song von den Spice Girls. Der würde Rhino gefallen. Auntie Kath singt mit.

Melody stimmt ein – wir beide haben den Song schon als Babys durch Osmose aufgesogen. Während Roz natürlich mit Bach und Beethoven gefüttert wurde, sie summt nur mit.

Ich bleibe still. Ich stütze mich mit dem Ellbogen am Seitenfenster ab und sehe dem Nieselregen zu, der vom eierschalgrauen Himmel fällt.

»Alles klar, Tiger?«, fragt Auntie Kath. »War das Spiel gut?«

»Der Scout war da«, sage ich. »Und Wally war ein Held.«

»Das ist doch gut ... oder?«

»Das ist super.«

Ja. Es ist wirklich super.

Wir halten vor dem Haus der Kwongs und ich sage »Tschüs, bis Montag in der Schule«, obwohl wir halb verabredet hatten, morgen in den Park zu gehen.

»Was ist mit ...«, sagt Melody. Roz stößt sie an. Ich lächele ihr dankbar zu.

»Los«, sagt sie zu Melody. »Ich komm noch ein bisschen mit zu dir. Ich erzähle meiner Mutter einfach, dass ich mir deine Bio-Mitschriften ausleihen musste.«

»Aber ich schreib doch gar nicht ...«, protestiert Melody.

Roz sieht sie eindringlich an und schüttelt den Kopf.

Melody verstummt.

»Ciao, Resey!«, rufen sie und winken, während Mabel elegant aus der Einfahrt fährt.

»Können wir zu Grandma T?«, frage ich Auntie Kath, als wir Melodys Straße hinter uns lassen.

Auntie Kath schaltet den Blinker ein und wir biegen rechts in die Seabrook Road und fahren in Richtung Farm.

Als wir ankommen, umarme ich Grandma T. »Ich glaube, ich muss mal in den Hühnerstall.«

»Einhörner?«, fragt Grandma T. Sie weiß Bescheid. Der Hühnerstall ist einer der wenigen Orte, an denen ich abschalten kann. Dort kann ich alles ausblenden und mir vorstellen, ich wäre im Anderswo.

»Einhörner«, bestätige ich.

Im Stall sitze ich im Dunkeln. Den Kuchen lasse ich unberührt. Es ist ein Gefühl, als würde ich nicht atmen, aber ich atme wohl, denn ich höre mich weinen.

Als er kommt, fühlt es sich erst an wie ein Traum. So sehr hatte ich ihn herbeigewünscht. Aber dann spricht er. »Grandma T hat gesagt, ich könnte herkommen.«

»Ich dachte, du gehst dich mit den Jungs besaufen«, sage ich und meine Stimme ist ein bisschen brüchig.

Irgendwas zwischen uns ist anders.

Aufgeladen.

»Das wollten sie. Ich wollte dich.«

Er lehnt sich an mich. Erst legt er den Kopf auf meine Schulter und sagt etwas, das sich anhört wie »Mach, dass es sich gut anfühlt«.

Und dann hebt er den Kopf.

Hebt die Lippen.

Es ist magisch.

Und ich denke *Vielleicht hab ich ihn doch nicht verloren. Vielleicht nimmt er mich mit. Das hier muss bedeuten, dass er mich mitnimmt.*

Er streichelt mein Gesicht. »Golden«, flüstert er.

Er zitiert kein Gedicht; sagt kein weiteres Wort.

Er sieht aus, als müsste er gleich weinen.

Ich bin von Sternenstaub erfüllt. Ich bin von der ganzen Welt erfüllt.

Lieber Dad,
Ich wollte zu dir fliegen.
Ich wollte an einem sicheren Ort landen.
Ich bin hochgestiegen und in ihren Armen
war ich in Licht gebadet.
Das Zimmer ist jetzt so dunkel.
Ich bin nicht hoch genug.

Vierzehntes Kapitel

Als wir in die Schule kommen, ist Wally nicht an seinem Spind. Auch in der Pause ist er nicht da und beim Mittagessen und in den Kursen, die wir zusammen haben.

»Der sitzt wahrscheinlich schon im Flieger nach Tullamarine«, sagt Peter. Ich habe ein halbes Paddle Pop in der Hand und schaue zu, wie mir das Eis am Handgelenk runterläuft. Wally liebt Paddle Pop. »Auf dem Weg nach Glenferrie«, fügt Peter hinzu, als ob wir nicht wüssten, was er meint.

»Er würde nicht abreisen, ohne sich zu verabschieden.« Roz schaut von ihrem Buch auf und schüttelt den Kopf. Ein Kugelschreiber steckt in ihrem kastanienbraunen Haarknoten.

Peter zuckt die Achseln. »Kann man nie wissen«, sagt er und beißt in sein Vegemite-Sandwich.

Roz sieht mich an und lächelt und obwohl ich weiß, dass sie es nicht *weiß*, werden meine Wangen heiß.

Ich bin heute schon oft rot geworden. Jedes Mal wenn ich die Augen zumache, bin ich wieder im Hühnerstall. Im Anderswo. In seinen Armen.

Ich wickele das restliche Eis in die Verpackung und lege es auf den Rasen.

Vielleicht kommt er ja noch.

»Hey! Das ist für mich!«, ruft Melody und stürzt sich darauf. Ehe ich etwas einwenden kann, schnappt sie es sich und sagt mit gelbem Eisbrei im Mund: »Meine Mutter ist erkältet, deshalb liegt sie im Bett und hört A.B. Original, anstatt zu kochen. Ich leide unter gravierendem Nährstoffmangel, der meiner geistigen Gesundheit abträglich ist. Mein Mittagessen besteht nur aus einem Rosinenbrötchen. Mein Hirn braucht Proteine.«

»Gib's mir«, sagt Peter. »Ich liebe Rosinenbrötchen. Und mein Hirn pfeift auf Proteine. Ich könnte mich nur von Jelly Beans und Corned Beef ernähren und wäre immer noch Einstein.«

»Corned Beef enthält Proteine, Einstein«, sagt Melody.

»Glaub ja nicht, du wüsstest, was genau Corned Beef enthält, Kwong«, schießt Peter zurück. Er senkt die Stimme. »Niemand kennt die Zutaten.«

»Kann ich dann dein Sandwich haben?«, fragt Roz und guckt sehnsüchtig auf das in Butterbrotpapier gewickelte Päckchen in Peters Hand. Ich weiß, dass Vegemite bei Roz zu Hause absolut verboten ist.

»Zieh es dir rein«, sagt Peter und wirft es ihr zu.

So beginnt die Tauschbörse und alle vergessen Wally.

Außer mir.

Peter kann sagen, was er will, ich weiß, dass Wally nicht einfach schon weg ist. Er würde nicht ohne Abschied verschwinden. Nicht nach dem, was im Hühnerstall war. Er würde mich mitnehmen.

Seine Hand hat gezittert, als er mein Gesicht berührte ...

Nach der Schule habe ich Musicalprobe. Ich stehe auf der Bühne und warte darauf, dass Jarrod kommt und mit mir singt und mir anschließend einen Kuss gibt, von dem seine Freundin Mandy blöd wird vor Neid. Ich laufe auf Autopilot. Ich kann an nichts anderes denken als an Wally.

Jarrods Lippen sind feucht. Sie bewegen sich auf und ab wie eine Aufziehraupe.

Wallys Lippen haben mir meine Seele geraubt und seine eingehaucht.

Ich will diese Lippen noch mal.

»Therese?«

Ich blicke auf. Mr Lohrey schaut mich mit dem Taktstock in der Hand an und wartet darauf, dass wir mit dem Lied beginnen können.

Ich nicke. »Entschuldigung. Ich war noch dabei mich zu konzentrieren.«

Mr Lohrey lächelt anerkennend. Er sagt uns immer, wir sollten uns einen Moment Zeit nehmen um »unsere Mitte zu finden« und uns »einzustimmen«. »Du hast Riesenfortschritte gemacht, Resey«, sagt er. »Du wirst der Star des Abends sein.«

Normalerweise würde mein Herz jubilieren. Heute nicht.

Mein Herz ist zu sehr von ihm erfüllt.

Ich ringe mir ein Lächeln ab. Jarrod neben mir konzentriert sich demonstrativ, in der Hoffnung, auch ein Lob von Mr Lohrey zu bekommen.

Jarrod möchte nach der Schule Schauspieler werden. Er will auf die beste Schauspielschule in Sydney.

Manchmal, wenn ich mein Gehirn lange genug abschalte, wenn ich nicht mehr daran denke vernünftig und klug zu sein, wenn ich barfuß am Strand sitze und einfach nur *bin* ... dann weiß ich, dass ich das auch will.

Wenn ich auf der Bühne stehe und den Text durch mich hindurchströmen lasse, als wäre ich die Figur und als wäre alles echt, was ich sage ... in solchen Momenten will ich es mehr als alles auf der Welt. Dann fühle ich mich frei von allem. Fühle mich lebendig.

Normalerweise. Normalerweise bin ich ganz bei mir, wenn ich auf der Bühne stehe und spiele.

Aber heute fühle ich mich wie eine Million verlorener Einzelteile. Ich will nichts als Wally sehen. Alles andere kommt mir unecht vor.

Ich setze mein Audrey-Lächeln auf. Ich schalte die Audrey-Stimme ein. Ich mache den Mund auf und Audrey singt.

Doch im Innern bin ich immer noch Tiger und kann nur an *ihn* denken.

Lieber Dad,
Ich habe aufgehört zu träumen.
Ich möchte wieder träumen.

Fünfzehntes Kapitel

In meinem Kopf ist nur Wally.

Wenn man mich jetzt aufschneiden würde, wäre der Himmel mit Sternenstaub überflutet, so fühlt es sich an.

Und als Auntie Kath sich zu mir ans Fenster setzt und sagt »Du siehst aus, als wärst du voll mit Gedanken, über die du unbedingt mit mir sprechen musst«, da antworte ich schmallippig und rede ganz leise und anstatt *seinen* Namen zu nennen, spreche ich das einzige Thema an, mit dem ich Auntie Kath ablenken kann. Ich frage sie nach meinem Vater.

»Wollte er je Profi-Footballspieler werden? Hätten die Scouts ihn herausgepickt wie …« Ich spreche den Satz nicht zu Ende. *Wie Wally*. Auntie Kath kennt mich so gut. Wenn ich seinen Namen aussprechen würde, wüsste sie Bescheid.

Auntie Kath lehnt sich zurück in die Kissen. »Nein. Er wollte nie Profi werden. Ich glaube, Birdie hätte das gefallen, sie träumte davon eine Spielerfrau zu sein. Sie wäre gern zur Verleihung der Brownlow-Medaille gegangen. Sie hätte für ihr Leben gern Warwick Capper kennengelernt und sei es nur, um davon zu erzählen.«

»Ich kann sie mir überhaupt nicht als Frau eines Footballspielers vorstellen«, sage ich und schaue zu dem Foto auf dem Kaminsims. »Ich sehe sie nicht im Glitzerkleid und schon gar nicht mit Bräunungsspray und Hühnerfilet im BH.«

Auntie Kath lacht. »Also, erstens hat man in den Achtzigern

weder Hühnerfilets noch Bräunungsspray benutzt. Und selbst wenn, hätte sie das bestimmt nicht mitgemacht. Sie hat sich fast nie geschminkt. Während ich mich damals immer zurechtgemacht habe – du weißt schon, die Fotos von mir mit der scheußlichen Dauerwelle.« Auntie Kath lacht. »Es hat sehr lange gedauert, bis ich mich wohl in meiner Haut gefühlt habe. Das kam erst, als ich Künstlerin geworden bin. Inzwischen habe ich gelernt, dass es viele Arten von Schönheit gibt. Aber damals hätte ich wahnsinnig gern anders ausgesehen. Ich wollte schön sein, um eine verwandte Seele zu finden.

»Willst du das immer noch?«, frage ich und spüre einen Eissplitter in der Brust. »Eine verwandte Seele finden? Wünschst du dir manchmal ...«

Auntie Kath schneidet mir das Wort ab. »Nein«, sagt sie mit fester Stimme. »Nicht jetzt. Vielleicht später mal. Im Moment finde ich es schön so, mit uns beiden.«

»Wirklich?«, murmele ich. »Ich meine, wenn es mich nicht gäbe ...«

Auntie Kath legt den Kopf schief. »Tiger, du hältst mich von gar nichts ab. Das hast du noch nie getan. Wenn ich ... jemanden finden will, dann klappt das schon. Aber vorerst sind da nur wir beide, du und ich. Und solange ich dich habe, bin ich glücklich. Du kommst einer verwandten Seele so nah wie noch niemand zuvor. Klar?«

Ich nicke. »Ich will, dass du glücklich bist.«

Sie fasst meine Hand. »Das bin ich. Als ich jung war, war ich anders. Deine Grandma T ist fantastisch, aber eine besonders liebevolle Mutter war sie nicht. Birdie schien nichts zu fehlen. Sie kam schon unabhängig auf die Welt. Ich dagegen war bedürftig. Das bin ich jetzt nicht mehr. Wenn man ein gewisses Alter hat, begreift man, dass man sich selbst die beste Freundin sein muss.

Man muss sich selbst lieben. Auch wenn man ...« Sie zeigt auf ihre dreckige Latzhose. »Auch wenn man höchstens zu einem Schulkonzert mal ein schickes Kleid anzieht.«

»Ich kann mir meine Mutter immer noch nicht in einem schicken Kleid vorstellen«, sage ich, um den Faden von vorhin wieder aufzunehmen.

»Sie hatte nicht nur eine Seite«, sagt Auntie Kath. »Sie war wie du. Sie liebte Musik und Filme. Sie liebte die Schule. Sie liebte deinen Vater. Sie liebte Football. Sie liebte The Cure und die Bangles. Sie liebte *Der Pate* und *The Sound of Music*. Sie hat sich nie geschminkt, aber ein, zwei Mal im Jahr trug sie ein Kleid und dann sah sie aus wie ein Model. Deine Mum hatte hunderttausend Seiten. Sie war total geerdet und trotzdem mit Einhörnern und Elfen unterwegs. Sie war alles, Tiger. Genau wie du.«

Auntie Kath zwinkert mir zu und wuschelt mir durchs Haar. Ich mag sie noch lieber als Nutella.

Während sie am Fenster sitzen bleibt und in den Himmel schaut, gehe ich hoch in mein Zimmer und lege mich eine Weile aufs Bett. Ich denke an meine Eltern und den Hühnerstall und das Anderswo und daran, dass in Grandma Ts Garten jetzt eine neue Liebesgeschichte begonnen hat.

Ich spüre immer noch seine zitternden Hände.

Ich spüre immer noch seine Lippen.

Ich muss mit ihm reden.

»Er ist nicht da«, sagt Hannah, als ich zu ihnen rübergehe. Ihre Stimme klingt ein bisschen wacklig, ein bisschen nervös. »Weg. Ich nehme an, er regelt Football-Kram.«

Das ist okay. Morgen ist er wieder da und dann backe ich ihm Monte Carlos. Ich werd mit ihm über Football reden. Und darüber, dass er aufs Festland geht. Ich bringe ihn zum Lächeln.

Sechzehntes Kapitel

Als wir vor der ersten Stunde im Flur aneinander vorbeigehen, streifen sich unsere Fingerspitzen.

Ich wusste, dass er wiederkommt.

In der Mittagspause gebe ich ihm die Monte Carlos und ein Paddle Pop – diesmal Rainbow.

»Danke, Champ«, sagt er und es macht mir nichts aus, dass er mich so nennt. »Ich hab auch was für dich.« Er kramt in seiner Schultasche und mein Herz pocht.

Es ist bestimmt keine Blume. Und auch kein Liebesbrief. Still, Tiger. Du und deine dummen Hoffnungen.

Es ist weder eine Blume noch ein Liebesbrief. Wally holt ein braungoldenes gefaltetes Etwas aus der Tasche.

Er reicht es mir und ich schüttele den Kopf. »Was? Nein, Wally, das ist dein Trikot. Das brauchst du noch. Es bringt dir Glück.«

Wally zuckt die Achseln. »Ich dachte, du freust dich vielleicht darüber.«

Er legt mir das Trikot auf den Schoß und nickt. »Und guck mal.«

Mit zitternden Händen falte ich es auseinander. Auf den Rücken hat er ein paar Zeilen eines Gedichts geschrieben. Ich kenne es aus dem Englischunterricht. Robert Frost, glaube ich. Ich kneife die Augen zusammen und versuche mich zu erinnern, wie es weitergeht.

»Wie heißt es?«, frage ich. »Ich kenne es, aber ...«

Er lächelt nur. »Da ist noch eine Botschaft«, sagt er. »Im Trikot drin. Aber jetzt noch nicht reingucken, okay? Erst wenn du allein bist. Versprochen? So in einer Woche. Dann kannst du reingucken.«

Ich nicke. »Versprochen.« Ich würde Nick Wallace alles versprechen. Ich würde für ihn in den Himmel fliegen.

Ich kämpfe gegen die Tränen. Er findet mich toll.

»Bist du dir sicher?«, frage ich. »Willst du es mir echt schenken?«

»Es gehört dir«, sagt er. Und dann beugt er sich zu mir. »Hey, kein Drama jetzt. Das Leben ist schön. Lächle einfach, okay?«

Ich frage mich, wann wir uns wieder küssen.

»Na ja, du brauchst ja wahrscheinlich sowieso ein neues Trikot«, sage ich zögernd. »Wenn du auf dem Festland spielst. Es ist deswegen, oder?«

Ich rechne damit, sein Ozeangrinsen zu sehen. Aber seine Miene verfinstert sich ein wenig. Er zuckt die Achseln und wendet sich ab.

»Pete, für dich hab ich auch was.« Er reicht ihm ein Paar Footballschuhe – brandneu. »Geschenk von meiner Oma«, sagt er. »Mir passen sie nicht richtig, aber es ist eine gute Marke.«

»Ich weiß«, sagt Peter und dreht und wendet die Schuhe in den Händen. »Die sind geil und, Wally, die sind eine Menge wert. Du könntest sie verkaufen. An mich sind sie verschwendet. Du weißt, dass ich schlecht bin. Ich werd es nie ins Team schaffen. Laut Pedda bin ich nur ein armer Nerd. Ich hab deine Schuhe nicht verdient.

»Pedda ist ein Vollidiot«, sagt Wally. »Du hast dich echt verbessert. Nächstes Jahr schaffst du es ganz bestimmt ins Team. Vor allem mit den zwei Babys hier. Gib nicht auf, okay? Mir zuliebe. Und mach dir wegen der Schuhe keine Gedanken, ich hab einfach mein Zimmer ausgemistet. Ich hab so viel Krempel, den ich loswerden muss. Das ist echt nicht der Rede wert. Nimm sie einfach und trainier ein bisschen, klar? Wenn du nicht trainierst, wirst du nie besser. Verbring weniger Zeit damit einen auf Austin Powers zu machen. Üb einfach mehr und dann bist du nächstes Jahr ein Hawk, ganz bestimmt. Okay?«

»Wer ist Austin Powers?«, fragt Peter.

»Er meint, tu nicht immer so, als ob du der Lustmolch des Jahrhunderts wärst«, sagt Mel. »Du kannst sowieso niemandem was vormachen und Pedda lässt dich trotzdem links liegen.«

»Ich meine«, sagt Wally, »dass du die Schuhe verdient hast. Aber halt sie in Ehren, okay? Investier ein bisschen Zeit.« Er zwinkert Mel zu. »Und ja, versuch ein bisschen mehr du selbst zu sein. Bevor Melody deinetwegen noch der Schlag trifft.«

Peter blinzelt. »Okay. Danke, Alter.«

»Und hey, Rozza, Mel. Für euch beide hab ich auch was.«

»Was ist los mit dir, du Idiot?«, knurrt Melody und kneift die Augen zusammen. »Hast du eine Quarterlifecrisis? Bist du auf dem Minimalismus-Trip?«

Wally wirft ihr ein zerlesenes Buch zu. Auf dem Cover sind zwei Mädchen, die auf einem Trapez sitzen.

Melody starrt darauf. *»Die Muschelöffnerin?«*

Wally zuckt die Achseln. »Bevor wir uns kennenlernten, hatte ich noch nie mit einem lesbischen Mädchen zu tun. Ich konnte mir das nicht richtig vorstellen. Also hab ich Mrs Kuzmic in der Bücherei gefragt, ob es Bücher über Lesben gibt.« Man muss Wally zugutehalten, dass er nicht rot wird. »Und sie hat mir von dem hier erzählt. Sie sagte, sie hätte es nicht in der Bücherei, aber ich könnte ihr Exemplar haben. Es ist super. Das gefällt dir garantiert.«

»Wow.« Melody nickt und drückt das Buch an die Brust. »Echt ... wow.«

Ich schaue zu Roz, die unbeholfen dasteht, ein Bein um das andere geschlungen. »Du musst mir wirklich nichts geben, Wally«, sagt sie. Ich weiß, warum es ihr unangenehm ist. Roz bekommt nicht gern Geschenke. Ihre Familie ist so reich, dass sie ihr alles kaufen können. Sie findet es schrecklich, wenn wir für sie Geld ausgeben, wo wir doch viel weniger haben als sie.

»Es ist kein Problem, Roz«, sagt Wally sanft. »Ich möchte, dass du es bekommst.« Er reicht ihr eine Plastiktüte. Da ist auch was zum Anziehen drin, aber kein Trikot. Es ist ein T-Shirt. Als sie den Aufdruck sieht, lacht sie.

Scheiß auf das System

Und darunter ein Cartoon-Mädchen, das sich an die Stirn tippt.

»Ist das deins?«, fragt Roz. »Das hab ich noch nie an dir gesehen.«

Wally schüttelt den Kopf. »Nee. Das hab ich für dich zum Geburtstag gekauft. Ich hab nur beschlossen es dir jetzt schon zu geben.«

Roz wird knallrot. »Das würde zu Mel passen. Nicht zu mir. Ich weiß nicht, ob ich mich traue das anzuziehen.«

»Du traust dich«, sagt Wally einfach nur. »Wenn es dir echt gefällt?«

»Es ist super.« Sie seufzt. »Absolut super.«

Wally strahlt über das ganze Gesicht. Er stößt mich mit der Hüfte an und zwinkert mir zu.

Ich frage mich, wann wir uns wieder küssen.

Er ist mir immer noch so nah. Ich spüre seine Wärme.

Nach der Pause winke ich ihm zum Abschied und er winkt zurück.

Ich frage mich, wann wir uns wieder küssen.

Lieber Dad,
Das ist der letzte.
Soll ich sie alle verbrennen?
Und die Asche wegfliegen lassen …

Siebzehntes Kapitel

Ich sitze neben Rhino an der Expresskasse. Er ist bester Laune und bringt mir ein Ständchen, wenn grad keine Kunden da sind – die Backstreet Boys und 5ive –, und zeichnet mir alberne Bildchen auf die Reste der Kassenrollen.

Ich trage Wallys Trikot unter der Arbeitsbluse. Es ist mein Geheimnis.

Ich zeichne für Rhino ein Einhorn mit ein paar Glitzereiern. Er sagt, dass er sie cool findet und dass wir eines Tages gemeinsam auf Einhornjagd gehen sollten. Dann kommt Jamie dazu und »konfisziert« meine Zeichnung, um sie dem Geschäftsführer zu zeigen. Er verschwindet und versteckt sich hinter den Klorollen.

Die nächste Kundin an meiner Kasse fragt mich, ob alles okay ist, weil ich mich nicht mehr einkriege vor Lachen.

Als ich um Viertel nach neun Feierabend mache, parkt zu meiner Überraschung Auntie Kaths Beetle vor dem Laden. Normalerweise fahre ich dienstags immer bei Rhino und seinen Eltern mit.

Rhinos Eltern sind auch da und Auntie Kath steht an ihrem Auto und redet durch die offene Scheibe mit ihnen.

Als wir näher kommen, blickt sie auf. Sie ist grau im Gesicht.

Sofort denke ich an Granda Craig und Grandma T.

»Was ist los?«, rufe ich und gehe schneller. »Ist was mit Grandma T? Ist sie krank? Oder Granda Craig? Ist er auf der Koppel gestürzt oder so? Was ist passiert?«

Auntie Kath schüttelt langsam den Kopf und ich sehe Tränen in ihren Augen, sie schimmern im Neonlicht des Parkplatzes. Auch auf ihrem Gesicht sind Tränen. Sie macht sich nicht die Mühe sie wegzuwischen.

Sie streckt die Hände nach mir aus. Sie reibt meine Arme. Ihr Kinn zittert.

»Es ist nichts mit Mum und Dad, Tiger«, sagt sie. Und in dem Moment geht Mabels Beifahrertür auf und Grandma T steigt aus. Sie kommt zu mir und nimmt mich in die Arme. Hält mich so fest, dass ich das Gefühl habe, zerquetscht zu werden.

Ich müsste erleichtert sein, doch ich habe ein seltsam hohles Gefühl in der Brust.

»Was ist …«, setze ich an und weiche zurück.

»Tiger, es ist Wally«, sagt Auntie Kath. Grandma T lässt mich los und jetzt bin ich in Auntie Kaths Armen.

»Süße«, sagt sie in mein Haar. Zitternd holt sie Atem.

»Tiger, Wally ist tot.«

Liebe Mum,
Ich habe mich in einen vollkommenen Jungen verliebt
und er war magisch, magisch, magisch
und der Wind wehte ihn fort
wie eine Pusteblume
und ich zerbreche, bin zerbrochen,
Bin nutzlos und nackt und nur noch
Ein Schrei
und meine Kehle ist rau davon
In meinen Tränen ist Säure
und ich will es dir schreiben,
Bis meine Finger bluten
Es ist ungerecht
So ungerecht
Mummy
Ich frage mich, wann er mich wieder küsst
Nick Wallace ist
Braune Locken
Braune Augen fast schwarz
Die Haut wie Karamellbonbons
Lange, dünne Beine
Raue Hände
Ein Grübchen links
Sommersprossen auf der Nase wie Kakao auf Cappuccino
Breites schiefes Lächeln
Eine Stimme wie Schokolade
Ein Lachen wie Sonnenstrahlen
Freundlichkeit

Sanftmut
Nachdenklichkeit
Nick Wallace ist der Himmel
Möwen
Der Ozean
Die Wolken
Nick Wallace ist
Nick Wallace war
Nick Wallace ist nicht
Ich bin
Ich bin nichts

Achtzehntes Kapitel

So still war es in der Aula noch nie.

Normalerweise ist es vor den Versammlungen, bis wir zur Ordnung gerufen werden (und auch noch danach), höllisch laut.

Heute rührt sich keiner auf seinem Stuhl. Keiner lacht. Keiner sagt was.

Wir warten. Manche haben den Kopf auf die Schulter ihres Freundes oder ihrer Freundin gelegt. Manche halten die Hand ihres Sitznachbarn so fest, dass die Knöchel weiß hervortreten.

Manche weinen.

Aber leise. Tränen rollen ihnen über die Wangen, fallen auf Docs oder Vans.

Links neben mir sitzt Melody. Rechts Roz.

Melody drückt mir die Hand. Roz streicht mir übers Haar.

Ich weine nicht.

Ich rühre mich nicht.

Es ist, als wäre mein Herz das einzig Lebendige in mir. Es klopft wild, heftig, als wäre ein Bulle oder ein Bär hinter mir her.

Alles andere ist taub.

Er ist tot.

Er ist tot.

Er ist tot.

Warum schlägt mein Herz überhaupt noch? Warum bin ich nicht auch tot?

Wir wissen alle, weshalb wir hier sind. Die Nachricht von Wallys Tod hat sich wie ein Lauffeuer verbreitet. Ms Newall wird uns nichts erzählen, was uns jetzt noch erschüttern könnte. Es wird niemandem den Atem verschlagen, niemand wird in Ohnmacht fallen. Wir alle wissen genau, wie er es getan hat – das Seil, der Baum. Dann ist er gefallen.

Auf dem Weg in die Aula haben ein paar Leute getuschelt und gefragt: »Warum gibt es überhaupt eine Versammlung? Was können sie uns erzählen, was wir nicht schon wissen?«

Wir wissen alles.

Wir wissen, dass Nick Wallace allein in seinem Garten gestorben ist, während seine Mutter »mal eben zum Supermarkt geflitzt« ist.

Wir wissen, dass sie (mit einer Packung Pasta und einer Flasche Carbonarasoße in einem Einkaufsnetz über der Schulter) ihn gefunden hat, wie er an der Birke im Garten hing.

Er war blau im Gesicht.

Vielleicht stimmt das. Vielleicht haben wir es uns nur vorgestellt.

Wir wissen, dass Hannah geschrien hat und dass die Flasche mit der Soße auf den Boden geknallt ist und dass die Nachbarn von beiden Seiten herbeirannten.

Dann kam die Polizei.

Und der Krankenwagen.

Warum ein Krankenwagen?

Er war blau im Gesicht. Sein Herz schlug nicht mehr.

Warum sind wir hier?

Was kann Ms Newall uns erzählen, was wir nicht schon wissen?

Langsam geht sie die Stufen zur Bühne hinauf. Während sie ihren Platz hinter dem Rednerpult einnimmt, zieht sie ihre schwarze Strickjacke zurecht, streicht die blonden Haare hinter die Ohren, räuspert sich, zwei Mal.

Ms Newall, unsere Schulleiterin, ist eine professionelle Powerfrau, die jüngste Direktorin in der Geschichte unserer Schule, jünger als Auntie Kath. Nur ungefähr zehn Jahre älter als wir. Sie hat eine jüngere Schwester, Meg, in unserer Stufe.

Meg ist so alt, wie Wally war.

Ich sehe, wie sie Ms Newall aus der Reihe gegenüber leicht zuwinkt, und Ms Newall bringt ein kleines Lächeln zustande.

Doch dann, als sie auf die Zettel in ihrer Hand schaut, erstirbt ihr Lächeln.

»Liebe Schülerinnen und Schüler«, sagt sie, »ihr alle wisst, weshalb ihr hier seid.«

Niemand gibt einen Laut von sich. Nicht einmal ein Murmeln. *Ja,* wir wissen alle, weshalb wir hier sind. Wir bleiben still.

Sie fährt fort.

»Nick Wallace, der bei uns allen hier an der Schule beliebt war, hat uns auf tragische Weise verlassen. Viele von euch wissen, unter welchen Umständen er ums Leben gekommen ist. Ich werde hier nicht darauf eingehen. Ich möchte nur sagen, ich hoffe – mit allen Fasern meines Herzens –, ich bete, dass ihr alle wisst, dass die Art und Weise von Wallys ... von Nicks Tod die verheerendste Art und Weise ist, auf die ein Leben enden kann. Und ich bete, dass keiner von euch das Gefühl hat ... oder je das Gefühl haben wird, das Nick gehabt haben muss ...« Ms Newall bricht ab. Sie schüttelt den Kopf. »Es tut mir leid«, sagt sie leise. »Ich kann damit nicht gut umgehen. Ich wollte, ich könnte es. Ich würde gern hier oben stehen und für euch alle stark und tapfer sein, aber so ist mir nicht zumute. Ich fühle mich ... wahrscheinlich genauso, wie ihr euch jetzt alle fühlt. Untröstlich, tief bestürzt, fassungslos. Ihr sollt wissen, dass ich mir psychologische Hilfe suchen werde, um mit dieser Tragödie umzugehen. Ihr sollt wissen, dass es keine Schande ist, euch

Hilfe zu suchen, wenn ihr sie braucht. Ich brauche sie. Und wir werden ab morgen jedem Einzelnen von euch Hilfe anbieten. Ich werde persönlich durch die Klassen gehen, mit euch sprechen und euch helfen einen Termin zu vereinbaren. Wir werden zusätzliche Therapeuten an die Schule holen, die für euch da sind. Diejenigen unter euch, die mit Nick befreundet waren ...«

Bilde ich mir nur ein, dass sie mich direkt ansieht?

»... mit euch möchte ich gleich nach dieser Versammlung sprechen. Ihr könnt noch heute Nachmittag einen Termin bei einem unserer Beratungslehrer bekommen. Und wenn sonst irgendjemand – auch Schülerinnen und Schüler aus den anderen Klassen, die Wally nicht so gut kannten – das Gefühl hat, dringend einen Termin zu benötigen, werden wir das einrichten. Wir werden euch so bald wie möglich die Einzelheiten über den Gedenkgottesdienst für Nick und das Begräbnis mitteilen.«

Ms Newall schüttelt wieder den Kopf. Sie tritt einen kleinen Schritt vom Rednerpult zurück. Mrs Dennis, die stellvertretende Direktorin, fasst sie am Arm und reicht ihr eine Flasche Wasser. Ms Newall trinkt einen Schluck, dann tritt sie wieder ans Rednerpult. »Ich hätte heute gern tröstlichere Worte für euch, doch das Beste, das Wichtigste, was ich euch sagen kann, ist das hier: So schlecht ihr euch heute auch fühlt, so verstört und überfordert und hoffnungslos ihr seid ... bitte gebt die Hoffnung nicht auf. Ihr sollt wissen, dass es besser wird. An dieser Schule halten wir zusammen. Wir sind füreinander da. Wir schaffen das zusammen. Ihr seid nicht allein.«

Sie blinzelt die Tränen weg und sagt noch einmal: »Ihr seid nicht allein.«

Aber das stimmt nicht. In meinem ganzen Leben habe ich mich noch nie so allein gefühlt.

»Bitte geht jetzt alle wieder in eure Klassen und Kurse zurück«, sagt sie. »Es ist wichtig, dass ihr euren Tagesablauf beibehaltet, dass ihr hier auf dem Schulgelände bleibt und am Unterricht teilnehmt. Aber wenn ihr eine Pause braucht – um zu lachen oder zu reden oder zu weinen –, dann werden eure Lehrer das erlauben. Ich komme bald in eure Klassen und bis dahin steht meine Tür euch immer offen.«

Dann übernimmt Mrs Dennis das Mikrofon. »Die siebten Klassen gehen als Erstes ...«, sagt sie.

Ich stehe auf.

Roz nimmt meine Hand. »Du bist noch nicht dran, Resey«, sagt sie sanft.

»Ich weiß«, sage ich. »Ich gehe.«

»Wohin?«, fragt Melody. »Wir müssen doch in den Unterricht.«

Ich schüttele den Kopf. »Nein.«

Und ehe mich irgendjemand aufhalten kann, renne ich durch den Gang zur Hintertür der Aula und hinaus.

Der Himmel draußen ist von einem fast beleidigend strahlenden Blau.

Es weht eine sanfte Brise. Die Sonne ist mild und sacht.

Es ist alles zu schön.

Der Himmel müsste voller Wolken und Krähen sein.

Er hat mich nicht geliebt. Er hat sich nicht dafür entschieden hierzubleiben.

Ich höre, wie die anderen zu den Seitentüren der Aula herauskommen. Ich muss hier weg, bevor mich eine Lehrerin entdeckt.

Ich renne zum Schultor. Ich renne hindurch und auf die Straße.

Ich weiß nicht, wohin. Ich weiß nur, dass ich hier nicht sein kann.

Aber ich *muss* hier sein, oder? Ich muss bleiben. Ich muss in den

Unterricht. Ich muss irgendwie zur Normalität finden. Ich muss weiterleben …

Ich muss zurück.

Ich lasse mich an der Mauer hinuntergleiten, die das Schulgelände umgibt. Ich lege den Kopf in die Hände.

»Tiger?«

Ich blicke nicht auf. Ich kenne die Stimme. Die einzige Stimme, die ich jetzt hören möchte. Und sie gehört zu dem einzigen Menschen, der mich so sehen darf. Der einzige Mensch, der mir so etwas wie Sicherheit geben kann.

Sie legt die Arme um mich und sie sind mein Zuhause. »Was machst du hier?«, murmele ich in ihre Haare.

»Würde es dich schockieren, wenn ich dir erzähle, dass ich den ganzen Tag vor der Schule geparkt hab wie eine gruselige Stalkerin?«

»Kein bisschen«, sage ich.

»Komm mit mir, mein Schatz«, sagt sie. »Ich bringe dich nach Hause.«

Ich schüttele den Kopf. »Ich muss zurück. Ich muss in den Unterricht. Ich brauchte bloß mal … eine Pause. Aber ich gehe zurück.«

»Morgen«, sagt sie. »Morgen gehst du zurück. Heute kommst du mit mir. Du kommst mit nach Hause.«

Neunzehntes Kapitel

Und so sitzen Auntie Kath und ich auf der hinteren Veranda unseres Hauses.

Ich bin in ihren flauschigen Bademantel gekuschelt. Als wir nach Hause kamen, hat sie mich direkt unter die Dusche geschickt (»Alles fühlt sich besser an, wenn man es warm hat und in etwas Flauschiges gehüllt ist«). Als ich wieder runterkam, goss sie gerade heißes Wasser in riesige Becher.

Sie winkte mich auf die Veranda.

Dort wartete bereits ein Tablett mit Gebäck.

»Hast du die gebacken?«, frage ich und beiße in ein dickes Ingwerplätzchen.

Sie schüttelt den Kopf und pustet in ihren Tee. »Nein, Tiger. Die hat das Café Crusty's in Wivenhoe gebacken. Ich ... bin heute nicht in Backlaune.«

Ich nehme noch einen Bissen von dem Plätzchen. Es müsste köstlich schmecken, aber es ist, als würde ich in eine Spanplatte beißen. Ich lege das restliche Plätzchen auf die Armlehne meines Sessels und trinke etwas Tee.

Eine kleine Weile sitzen wir schweigend da. Ich beobachte eine Amsel, die auf der Suche nach Würmern über den Rasen hüpft, auf der anderen Straßenseite balanciert eine Katze über einen Zaun.

»War's in der Schule erträglich?«, fragt Auntie Kath.

»Du meinst, bevor ich abgehauen bin?«

Ich schaue sie an. Sie sieht blass und müde aus. Sie trägt nicht ihre Malersachen. Heute macht sie keine Kunst. Sie hat wollene Leggings und ein altes Stevie-Nicks-T-Shirt an. Mit großen Augen starrt Stevie mich unter ihrem dicken blonden Pony hindurch verstört an. Auf dem Kopf hat sie eine schwarze Baskenmütze. Sie sieht aus, als ob sie Bescheid wüsste.

Aber wie kann irgendjemand wirklich wissen, wie es ist, so was durchzumachen?

Wie kann irgendjemand so was durchmachen und überleben?

»Es kommen Psychologen in die Schule«, sage ich.

»Ich weiß«, sagt sie. »Ms Newall hat mich angerufen. Sie hat dich für morgen bei Megan Koetsveld angemeldet.«

Mrs Koetsveld ist die Beratungslehrerin der Schule. Sie ist mit Grace verheiratet, einer Studienfreundin von Auntie Kath.

Sie ist sehr nett, aber ...

Ich schüttele den Kopf. »Nein«, sage ich. »Ich kann nicht. Ich kann nicht darüber sprechen. Wenn ich darüber spreche ...«

Auntie Kath nickt langsam. »Ich verstehe«, sagt sie leise. »Wenn du darüber sprichst, dann ...«

»Zerbreche ich«, flüstere ich. Ich sehe sie bittend an. »Kannst du Ms Newall noch mal anrufen und sagen ...«

Auntie Kath schaut in ihren Tee. Sie bläst die Wangen auf und pustet die Luft langsam wieder aus. »Ich weiß nicht, Tiger ... Für euch alle ist eine Sitzung vorgesehen, wenigstens eine. Und du hast Wally nähergestanden als irgendwer sonst. Sie werden erwarten, dass du ...«

Bevor ich protestieren kann, redet sie weiter. »Aber ich kann dich verstehen, Tiger. Jeder verarbeitet so was auf seine Weise. Als deine Mutter weggegangen ist ... da hab ich auch getrauert. Ich hab wirklich lange gebraucht, bis ich darüber ... Na ja, ganz drüber hinweg bin ich immer noch nicht. Aber lange Zeit war ich richtig fertig. Alle haben gesagt, ich soll eine Therapie machen, aber ich konnte einfach nicht. Monatelang habe ich jeden weggestoßen, ich wurde wütend, wenn jemand davon anfing. Aber schließlich bin ich doch gegangen. Ich hab mit jemandem geredet. Und es hat geholfen. Aber es hat Zeit gebraucht, bis ich so weit war.«

»Ich bin noch nicht so weit. Ich muss einfach …«

Vergehen. Ein Schatten sein. Nichts sein. Nichts fühlen. Mein Herz wegschließen.

Auntie Kath starrt mich ewig lange an.

Sie nickt. »Ich rufe Rachel an«, sagt sie. So heißt Ms Newall mit Vornamen. Als Ms Newall klein war, war Auntie Kath ihre Babysitterin. »Ich rufe auch Megan an. Ich sage ihr, sie soll einen Termin mit dir machen, wenn du so weit bist.«

»Danke«, sage ich. Und ich versuche es okay und positiv klingen zu lassen. Nach dem Motto: Ich werde bestimmt bald mit Ms Koetsveld reden.

Damit Auntie Kath sich keine Sorgen machen muss.

Damit es nicht so aussieht, als wäre mein Innerstes eine Schlangengrube.

»Melodys Mutter hat gesagt, dass der Termin für die Beerdigung feststeht«, sagt Auntie Kath. »Sonntagmorgen. Gehst du …«

»Natürlich«, sage ich schnell und versuche zu lächeln. »Wir gehen alle hin. Das ist doch klar.«

»Ich komme auch«, sagt sie. Und dann, sanfter: »Ich bin immer für dich da, Tiger. Ich sorge dafür, dass es dir gut geht.« Was sie dann noch sagt, ist für sie selbst genauso bestimmt wie für mich. »Es wird schon alles gut.«

Zwanzigstes Kapitel

Ich knöpfe meine schwarze Strickjacke zu.

Ich bürste mir die Haare und binde sie zurück.

Ich ziehe mein schwarzes T-Shirt glatt.

Ich pflücke die Flusen von meinen Strümpfen.

Ich mache die Schnallen meiner glänzenden schwarzen Schuhe zu. Ich putze noch ein letztes Mal mit dem Schwämmchen über die Schuhe.

Ich sehe nach, ob meine Fingernägel auch sauber sind.

Ich gucke, ob ich Essensreste zwischen den Zähnen habe.

Auntie Kath hat mich gezwungen zu frühstücken.

Ich betrachte mein Spiegelbild.

Die flache Brust kümmert mich nicht, und auch nicht die breite Taille, die krumme Nase oder die schmalen Lippen.

Es kümmert mich nur, dass ich so aussehe, wie ich mich fühle. Keine Farbe, kein Leben, keine Hoffnung.

In dem Brief, den er mir hinterlassen hat, stand, er wolle keine Tränen. Er wolle, dass die Leute lächeln, wenn sie an ihn denken.

Es ist mir egal, was er wollte.

Er hat uns ohne Farbe zurückgelassen.

Ohne Hoffnung.

Ohne ihn.

Ich liebe ihn nicht mehr. Ich kann ihn nicht mehr lieben.

Sie haben gesagt, er hat Briefe an seinen toten Vater geschrieben.

Ich fange Briefe an und werfe sie weg. Ich schreibe Gedichte und verbrenne sie.

Wozu sind Gedichte gut? Sie zeigen uns Schönheit, dabei ist *nichts* schön.

Worte sind leer.

Ich überprüfe die Knöpfe meiner Strickjacke.

Ich streiche die vier losen Haarsträhnen zurück.

Ich ziehe das schwarze T-Shirt glatt.

Ich pflücke unsichtbare Flusen von meinen Strümpfen.

Ich putze noch einmal mit dem Schwämmchen über meine glänzenden schwarzen Schuhe.

Ich sehe nach, ob meine Fingernägel auch sauber sind.

Ich gucke, ob ich Essensreste zwischen den Zähnen habe.

Auntie Kath hat mich gezwungen zu frühstücken. Toast. Marmelade. Tee.

Heute ist der Tag. Dieser schwarze Tag.

»Das wird schon«, flüstert Auntie Kath.

Sie nimmt meine Hand.

Ich will das nicht. Es fühlt sich zu fest an.

Alles fühlt sich zu fest an, zu grell, zu viel.

Ich will einfach nur weglaufen.

Liebe Mum,
Hörst du mich schreien,
Da, wo du gerade bist?

Einundzwanzigstes Kapitel

Hannahs Gesicht ist ausdruckslos. Keine Tränen. Nichts von der Verzweiflung, die ich erwartet habe.

Sie ist leer.

Wie ich.

Sie hält eins seiner Trikots wie eine Schmusedecke. Ich denke an sein Lieblingstrikot in der untersten Schublade meiner Kommode. Ich weiß nicht, ob es die Lücke füllen könnte, wenn ich es ihr gäbe, oder ob es sie noch leerer machen würde.

Oder sie vielleicht mit etwas füllen würde, was noch schlimmer ist als Leere.

Melody geht links von mir, Roz rechts. Peter geht entschlossen vor uns. Er trägt die Footballschuhe, die Wally ihm geschenkt hat. Er will alles genau so machen, wie Wally es sich in dem Brief gewünscht hat. Er lächelt.

Peter hat eine fröhliche Playlist von Wallys Lieblingssongs erstellt – alles von Ball Park Music über das John Butler Trio bis zu Mark Ronson. Der Priester fand es in Ordnung.

Peter geht es so weit gut, denn er denkt, dass er Wallys Wunsch erfüllt, und das verleiht Wallys Tod eine Bedeutung.

Wir haben alle Wallys Brief gelesen.

Er schrieb, es sei nicht unsere Schuld.

Er schrieb, es habe mit Träumen zu tun.

Es schrieb, das Spiel, zu dem der Scout gekommen ist, sei das beste Spiel seines Lebens gewesen.

Er schrieb, das bedeute überhaupt nichts.

Nächste Woche hätte er vielleicht das schlechteste Spiel oder es käme vielleicht nie wieder ein gutes Spiel oder noch hundert tolle – aber was bedeute das am Ende schon?

Denn irgendwann kommen ja doch die schlechten Spiele. Das geht jedem so und was dann?

Dann geht es sechzig Jahre langsam bergab.

Sechzig Jahre, in denen er sich wünschen würde, bei seinem Vater zu sein.

Er wollte schneller dorthin.

Er *wollte* fallen.

Nichts hat eine Bedeutung, schrieb er in seiner merkwürdigen, sorgfältigen Handschrift. Oder wenn doch, dann nur einen Augenblick lang. Danach ist es vorbei. Und man steht da mit einem Trikot und einem Paar Footballschuhen und vielleicht ein, zwei Trophäen. Nichts Gutes bleibt. Alles vergeht. Dann lieber ein schnelles Ende, solange die Leute einen noch lieben.

Darauf folgt das Ende des Gedichts, das auf seinem braungoldenen Trikot stand. Und jetzt weiß ich es wieder. Ich erinnere mich. Es heißt *Nichts Goldenes bleibt*. Ich erinnere mich daran, dass Wally sich gemeldet hat, als unsere Englischlehrerin uns gefragt hat, was es bedeutet. »Es geht darum, dass nichts – vor allem das, was vollkommen und schön und magisch ist – für immer ist. Die meisten schönen Sachen existieren nur für ganz kurze Zeit. Das macht sie so kostbar.«

Nichts Goldenes bleibt.

Mir wird ganz schlecht. Denn er hat mir einen Hinweis gegeben und ich habe ihn nicht gesehen. Ich hatte den Rest des Gedichts vergessen und habe mir nicht die Zeit genommen, es nachzulesen, bevor ... Ich hätte es verhindern können.

Ich dachte, das wäre der schlimmste Teil des Briefs, aber es kam noch schlimmer. Denn es folgte etwas über mich.

Am besten man ist so wie Champ. Denn sie ist so vieles, sie wird nie vergehen. Sie ist Champ; sie ist Tiger; sie ist Resey. Sie ist alles. Sie ist ihr Lächeln. Und sie weiß, dass die Welt gut sein kann und dass sie es in sich trägt. Ich gehe lieber jetzt, solange ich jemanden wie Champ noch zum Lächeln bringe. Solange sie eine magische, wunderbare, geheime Erinnerung an mich hat. Solange sie glaubt, ich sei etwas Besonderes. Bevor ich überhaupt nichts mehr bin.

Irgendwie wissen alle in der Kirche von dem Brief, selbst diejenigen, die ihn nicht gelesen haben. Ich weiß nicht, ob Melody davon erzählt hat oder Peter oder Roz oder Hannah oder Holland, der ihn auch gelesen hat. Ich weiß nicht, ob er es den Jungs beim Training gesteckt hat und sie es allen anderen erzählt haben.

Aber ich weiß, dass sie davon wissen.

Denn manche sehen mich so an, als wäre ich golden, und andere sehen mich so an, als wäre ich angeschlagen, und wieder andere sehen mich voller Mitleid an. Für sie bin ich das Mädchen, das verlassen wurde, ehe sie überhaupt wusste, wie es ist, etwas zu verlieren; ich bin das Mädchen, das schon wieder verlassen wurde, und jetzt weiß ich genau, wie es ist.

Und die Übrigen wissen nur, dass es ein Geheimnis gibt. Sie wissen, dass da irgendwas mit Wally und mir war. Für sie bin ich jetzt Klatsch und Tratsch. Ich könnte sie alle umbringen.

Auf der Beerdigung weine ich nicht.

Als ich das erste Mal verlassen wurde, habe ich auch nicht geweint. Ich habe damals nicht um sie geweint und ich weine jetzt nicht um ihn.

Innerlich brülle ich.

Ich tobe.

Ich bin nicht golden und ich bin auch nicht angeschlagen.

Ich will kein Mitleid.

Sie denken, seine Worte bedeuten, dass er mich geliebt hat.

Er hatte die Wahl zu bleiben oder zu gehen, und wenn er mich geliebt hätte, wäre er niemals gegangen.

Wenn er mich geliebt hätte, hätte er niemals Worte geschrieben, die solche Blicke der anderen nach sich ziehen.

Ich hasse ihn.

Auf der Beerdigung sind wahnsinnig viele Leute aus unserer Schule; sie weinen, umarmen sich, sie schluchzen, lassen alles raus.

Ich werde das nie rauslassen können. Es wird für immer in mir drin sein.

Ich hasse sie alle.

Ich hasse Ms Newall, die meinen Arm gedrückt und gesagt hat »Meine Tür steht immer offen«.

Ich hasse Mrs Koetsveld, die mich nicht angesprochen, aber freundlich und mitfühlend gelächelt und etwas zu Auntie Kath gesagt hat, und ganz sicher ging es darum, dass ich zu einem Gespräch zu ihr kommen soll.

Das werde ich nicht tun.

Ich werde auch nicht zu Ms Newall gehen.

Hannah ist leer. Peter hat einen Lebensinhalt.

Ich bin ein Schatten. Wenn die Sonne rauskommt, verschwinde ich.

Und ich hasse ihn dafür.

Zweiundzwanzigstes Kapitel

Emma ist zur Trauerfeier gekommen, die bei Wally zu Hause stattfindet. Bei *Hannah* zu Hause.

Sie ist mit ihren besten Freundinnen, Katherine und Nicole, da. Sie weint – heftiges Schluchzen mit bebenden Schultern. Katherine streicht ihr übers Haar, Nicole hält ihre Hand. Sie tut mir leid.

Sie liebt ihn immer noch.

Katherine und Nicole gehen mit Emma aus dem Zimmer und dabei guckt sie mich an. Sie nickt mir leicht zu und ich nicke zurück.

Sie weiß Bescheid.

Weiter hinten im Raum redet Hannah mit Mrs Koetsveld.

Mrs Koetsveld gibt Hannah einen Kuss auf die Wange, dann geht sie zu einer Gruppe anderer Lehrer und Lehrerinnen. Sie trägt lila Samt und dazu rote Armreifen aus Kunstharz. Sie sieht aus, als wäre sie auf der falschen Party. Sie sieht aus, wie Wally es sich von uns gewünscht hat – bunt und fröhlich.

Hannah trägt Schwarz. Sie schaut zu mir herüber. Ich möchte wegsehen. Ich ertrage ihren leeren Ausdruck nicht, aber ich weiß, dass ich lächeln sollte, und deshalb lächele ich.

Sie lächelt zurück. In ihren Augen sind jetzt Tränen und aus irgendeinem Grund bin ich mir sicher, dass das gut ist.

Jemand berührt mich leicht an der Schulter und ich erstarre.

Ich drehe mich um. Roz beißt sich auf die Lippe. Melody steht neben ihr und hält ihre Hand.

»Alles okay, Resey?«, fragt Roz.

»Ja, alles gut.«

Sie wirken unschlüssig wie zitternde Motten. Ich verhalte mich nicht so, wie ich sollte.

»Wir müssen darüber reden«, platzt es aus Melody heraus. »Du musst mit uns reden. Wenn du nicht mit Mrs Koetsveld reden willst ...«

»Will ich nicht«, sage ich. »Und muss ich auch nicht. Mir geht es gut.«

»Das glaub ich aber nicht. Es geht dir nicht gut. Und Peter geht es auch nicht gut. Aber wenigstens gibt er es zu. Er war schon bei Mrs Koetsveld ... Er sagt, das hat ihm sehr geholfen. Roz und ich waren auch schon da. Peter hat nächste Woche noch einen Termin, weil er immer noch ...«

»Er wirkte aber ganz normal«, sage ich. Meine Stimme gehört nicht zu mir.

Oder es ist die Stimme derjenigen, die ich jetzt bin.

»Er ist im Bad.« Melodys Augen sehen merkwürdig aus. Gar nicht wie ihre Augen. Die Augen von Melody Kwong blitzen, funkeln, flirten und scherzen. Das hier sind nicht die Augen von Melody Kwong. Und ihre Stimme ist auch anders. »Heult sich die Seele aus dem Leib.«

»Ich geh zu ihm«, sage ich. Ich will nicht in diese Augen schauen. Ich will diese Stimme nicht hören.

Und vor allem will ich nicht reden.

»Nein, du sollst dich nicht ... Du hast deine eigenen ...« Roz guckt Melody wütend an. »Wir kümmern uns schon darum, Resey. Ich hab ja gleich gesagt, wir sollten es dir nicht erzählen. Wir können zu ihm gehen.«

»Ich geh hin.«

Schon bin ich auf dem Weg zu Wallys Bad.

Hannahs Bad.

Ich stehe vor der Tür und höre Peter weinen.

Ich lege eine Hand auf die Türklinke.

Ich atme.

Ich gehe rein.

Ich sage kein Wort.

Meine Augen bleiben trocken.

Ich nehme ihn in die Arme. »Ich dachte, wenn ich es so mache, wie er es wollte, wird es besser«, murmelt er an meiner Schulter. »Aber es wird nicht besser. So ein Arsch, Resey.«

Ich sage kein Wort.

Meine Augen bleiben trocken.

Nach einer Weile taucht Hannah an der Tür auf. Sie sieht uns, wie wir da sitzen, ineinander verschlungen wie eine Schnecke und ihr Haus.

»Danke«, sagt sie. »Dafür, dass ihr meinen Jungen geliebt habt.«

Liebe Mum,
Ich weiß nicht, ob du schon mal von
Nick Wallace gehört hast.
Du brauchst nur zu wissen, dass er tot ist.
Die Beerdigung ist vorbei.
Es ist vorbei.
Das war's.

Dreiundzwanzigstes Kapitel

Nur dass ich mich immer noch an ihn erinnere.

Ich mache ganz normale Sachen, bereite Abendessen vor oder probe meinen Text und dann trifft mich eine Erinnerung voll Karacho.

Wie wir bei Jointley's sitzen, Footballspieler als Comicfiguren auf Servietten kritzeln und sie Apfelsinen durch Tore aus Strohhalmen schießen lassen.

Wie wir auf dem Spielfeld in der Schule stehen, in den Himmel gucken und nach Wolkenbildern suchen.

Wie wir ... *wir* sind.

In dem Sommer zwischen der siebten und achten Klasse – ein paar Wochen vor der Schule, vor dem Football und allem, was unser Leben einrahmte – waren wir alle am Strand. Wir waren sorglos und wild und begierig danach, dass das Leben wieder losging.

Kaum waren wir da, zogen Melody und Roz Shorts und T-Shirts aus und rannten in die Wellen. Peter tat so, als würde er seine Nachrichten checken, während er seinen Bizeps spielen ließ, um die Mädchen von den Privatschulen in ihren Tigerlily-Bikinis zu beeindrucken.

Wally und ich setzten uns auf die Dünen. Nur wie beide. Ich wollte schwimmen gehen, bis ich sah, dass Wally nicht mitkommen würde. Er hatte noch nicht mal eine Badehose dabei – er trug immer noch seine Jeans.

»Willst du nicht ins Wasser?«, fragte ich.

Er schüttelte den Kopf. »Hab beim Endspiel eine fette Schramme abbekommen, weißt du noch? Als Pedda mich mit dem Schuh erwischt hat. Garantiert hat er das mit Absicht gemacht, der Arsch.«

»Das würde er nicht machen«, sagte ich, obwohl ich Pedda alles zugetraut hätte. Er war echt ein ganz schöner Arsch. »Er ist auf deiner Seite.«

»Pedda ist nur auf einer Seite und das ist seine eigene«, sagte Wally genervt. »Jedenfalls hab ich's gestern nicht mehr ausgehalten und ein bisschen vom Schorf abgepult. Jetzt ist es wieder ganz wund und da wäre Salzwasser nicht so der Hit.«

»Weichei.«

»Ja, wahrscheinlich hast du recht. Was hast du für eine Ausrede?«

Ich zuckte die Achseln. »Ich quatsche lieber mit dir.«

Wally grinste. »Dann lass uns quatschen. Lass uns darüber quatschen, warum Wale stranden, oder über die Flüchtlinge oder die US-Wahlen oder ...«

»Über all die lustigen Themen.« Ich lachte.

»Über all die *wichtigen* Themen«, verbesserte er mich. »Manchmal muss ich einfach über die wichtigen Themen reden. Sonst verkanten sie sich in meinem Kopf und ich krieg sie nicht mehr raus.«

»Okay«, sagte ich und wurde ein bisschen aufgeregt. Wally wollte mit mir über wichtige Themen sprechen. Mit den anderen redete er über Football und Rockmusik und Schule. Mit mir redete er über die Sachen, auf die es ankam.

Er senkte den Blick und zeichnete mit dem Finger ein Unendlichkeitszeichen in den Sand. »Würdest du mir glauben, wenn ich dir sage, dass ich Gedichte schreibe?«, fragte er leise. Ehe ich antworten konnte, sprach er schnell weiter. »Am Anfang waren es

Briefe, aber eigentlich sind es Gedichte.« Er schob den Finger tiefer in den Sand. »Aber erzähl es keinem.«

Er schrieb Gedichte. Er war witzig und schlau und ein großartiger Footballspieler und er hatte diese Augen und er machte sich Gedanken *und* er schrieb Gedichte.

»Ich …«

Wally klopfte sich auf den Bauch. »Ich habe einen Mordshunger, Champ. Können wir ein paar Chips oder so was kaufen gehen?«

»Ich könnte für ein Wassereis töten«, gab ich zu. »Mir ist so heiß. Aber …«

Ich wollte weiter über Wale und Wallys Gedichte reden.

Ich wollte genau hier bleiben, mit Wally, für immer in unserer eigenen kleinen Blase.

Doch Wally stand auf und streckte mir die Hand hin. Sie war rau und fest. Die Hand eines Footballspielers. Sie fühlte sich so gut in meiner an.

Und er hielt meine Hand den ganzen Weg den Strand entlang bis zum Kiosk. Und wir waren … *wir*.

Nur wir.

Und da geschah es um mich, als würde ich fallen.

Es war schon um mich geschehen.

Er zeigte mir seine Gedichte nie. Er las mir andere vor. Er las mir Gedichte von allen möglichen berühmten Dichtern vor.

Seine eigenen zeigte er mir nie.

Und jetzt frage ich mich, ob er mir je irgendetwas von seinem wahren Ich gezeigt hat, den Wally unter der Haut, hinter den Augen.

Liebe Mum,
Ich falle.
Halt mich.
Denkst du nie,
Dass das deine Aufgabe ist –
Mich in die Arme zu nehmen und zu halten,
Bevor ich abstürze?

Vierundzwanzigstes Kapitel

Auntie Kath sitzt mit mir im Auto und erzählt mir Geschichten von meiner Mutter und wie lieb sie mich hatte.

»Erzähl es mir noch mal«, flüstere ich mit dem Kopf auf ihrer Schulter. »Ganz von Anfang an. Von da an, wo sie gemerkt hat, dass sie ein Kind erwartet.«

»Den Ausdruck fand ich immer komisch«, sagt Auntie Kath. »Als würde man dasitzen und auf die gute Fee warten und dann hat man drei Wünsche frei.«

»Erzähl mir von der guten Fee«, sage ich. Ich bin müde. So müde. Ich will ein Märchen hören.

Aber es war natürlich kein Märchen. Das weiß ich. Ich weiß alles darüber.

Ich weiß, dass es ganz normal anfing. Sie kaufte einen Hochstuhl und einen Kindersitz fürs Auto und einen Wickeltisch und Babyschühchen und Mützchen und Strampler, die man am Po aufknöpfen konnte. Sie wollte auf jeden Fall stillen, sie wollte Stoffwindeln benutzen, nicht solche zum Wegwerfen. Tagsüber wollte sie mich in einem Tuch am Körper tragen. Nachts sollte ich in einem kleinen Korb bei ihr im Bett schlafen, damit mir nichts passieren konnte.

Sie wollte es gut machen. Birdie Geeves war in allem gut.

Schon bevor ihr Bauch ganz kugelrund wurde, übte sie Lieder, die sie mir vorsingen wollte. Sie las dem Bauch Geschichten vor.

Mein Vater hätte gern gewusst, ob ich ein Junge oder ein Mädchen war. Sie nicht. Sie wollte sich überraschen lassen. Sie sagte zu ihm, es spiele sowieso keine Rolle. Nicht alle Kinder, die man bei der Geburt als »Junge« oder »Mädchen« bezeichnet, sind das auch wirklich. Wozu also?

In der zwölften Woche und dann noch mal in der achtzehnten hatte sie eine Blutung. Mein Vater brachte sie weinend in die Notaufnahme. Er war sich sicher, dass ich nicht mehr lebte. Meine Mutter hat das nie geglaubt. Sie war wild entschlossen, nicht zu versagen. Es war von einer »drohenden Fehlgeburt« die Rede. Auf dem Ultraschall waren Blutgerinnsel in ihrer Gebärmutter zu sehen, größer als ich und bedrohlich nah über mir. Falls sie sich mit einem Mal lösten, wäre es um mich geschehen.

Aber das passierte nicht.

Sie lösten sich nach und nach und schwammen an mir vorbei. Ich hielt durch, krallte mich an den Wänden meines kleinen Zuhauses fest.

Sie gab mir keinen Namen. Sie dachte, wenn ich auf die Welt käme, würde sie schon wissen, wie sie mich nennen wollte. Sie sagte, sie könnte kein Gespür für mich entwickeln, ehe ich nicht auf der Welt war.

In der vierundzwanzigsten Woche bekam sie wieder Krämpfe und Blutungen.

In der achtundzwanzigsten Woche setzten Wehen ein. Aber ich kam nicht. Fünf Stunden Wehen. Ich hielt weiter durch.

Noch sechs Wochen hielt ich durch und sie auch.

Sie durfte nicht versagen.

Doch sie war müde.

Und dann kam ich zur Welt – sehr klein, aber kräftig. Ich zappelte und strampelte in meinem winzigen Bettchen unter den blauen Lichtern.

Ich war fröhlich. Das erzählten die Schwestern Auntie Kath: »Sie ist so ein fröhliches Baby.«

Ich wusste nicht, dass sie mich verlassen würde. Ich hatte meine Mama. Mehr brauchte ich nicht.

»Erzähl mir vom Märchenland«, flüstere ich.

Auntie Kath streichelt meine Haare. »Stundenlang hat sie im Säuglingszimmer gesessen und die Hand an die Scheibe gehalten. Hat dich nur angeschaut. Sie hat sich nicht zurück in ihr Zimmer fahren lassen. Sie wollte nicht schlafen. Sie wollte nur bei dir sein.«

Aber sie hat mir nie einen Namen gegeben.

Tagelang saß sie da mit der Hand an der Scheibe, bis sie mich auf den Arm nehmen durfte. Sie hielt mich ganz fest, während ihr Tränen über das Gesicht liefen.

Ich halte mich daran fest, dass sie mich angeschaut und darauf gewartet hat mich auf den Arm nehmen zu dürfen.

Ich halte mich daran fest, dass sie mich eine kleine Weile geliebt hat.

Ihre Hand an der Scheibe.

Das halte ich ganz fest.

»Wolltest du das hören?«, fragt Auntie Kath. »Von dieser Zeit? Ist das dein Märchenland, Tiger?«

Ich mache die Augen zu und ich sehe sein Gesicht, ganz nah an meinem. Ich kann seinen Atem spüren.

Also mache ich die Augen wieder auf.

»Ich hab dich lieb, Tiger«, sagt Auntie Kath.

Und dann weint sie.

Ich weine nicht.

»Kann ich eine CD einlegen?«, fragt sie. »Ein bisschen Musik wäre jetzt schön.«

Ich nicke, die Stirn an Mabels Fenster gelehnt.

Sie blättert in ihrem CD-Ordner (Mabel ist natürlich zu Retro für Bluetooth) und zieht eine schwarze Hülle mit einer gelben Kugel in der Mitte heraus.

»Och nee …«, stöhne ich. »Coldplay? Dein Ernst?«

»Als du ein Baby warst, hab ich diese CD immerzu gehört«, sagt sie und schiebt die CD in den Schlitz. »Sie erinnert mich an dich, als du noch ganz winzig warst.«

Ich zucke die Schultern. »Na, dann von mir aus.«

Chris Martins wehmütiger Gesang dringt aus den Boxen. Und einen Augenblick lang erlaube ich mir den Teil meines Gehirns auszuschalten, der mir sagt, dass ich diesen traurigen Song hassen müsste. Einen Augenblick lang erlaube ich mir zu trauern. Ich weiß nicht, ob ich um Wally trauere oder um meine Mutter oder mich selbst – um mich selbst vor allem. Denn wir sind alle erledigt. Wir sind alle verloren.

Fünfundzwanzigstes Kapitel

Mr Lohrey sagt: »Du musst heute nicht mitmachen, Therese. Wir können andere Szenen proben. Es schadet deiner Note nicht, wenn du heute mal aussetzt ...«

Er lässt den Satz in der Luft hängen. Sein Blick sagt alles.

Er weiß Bescheid.

Sie wissen alle Bescheid. Es gibt ein Geheimnis. Sie wissen, dass ich Wally etwas bedeutet habe. Er hat mich in seinem Brief erwähnt. Ich habe einen Anteil daran.

Ich schaue mich im Chor um. Einige haben noch verweinte Augen, obwohl ich nicht weiß, ob sie ihn überhaupt richtig kannten.

Jetzt, wo er tot ist, kennen sie ihn. Jetzt, wo er tot ist, gehört er zu ihnen.

Sie waren auf seiner Beerdigung. Sie hatten diese Zettel mit seinem Foto vorne drauf in der Hand.

Er fliegt nicht. Er wird hier unten festgehalten, von den Händen und Köpfen all der Leute, die sich einbilden, ihn jetzt zu besitzen.

Aber mich hat er als Einzige in dem Brief erwähnt. Und sie wissen alle Bescheid. Für sie bin ich jetzt golden. Und alle behandeln mich so, als würde ich gleich zerbrechen oder wäre schon zerbrochen.

Das will ich nicht.

Wenn ich nichts bin, kann ich auch nicht zerbrochen sein.

»Alles okay«, sage ich zu Mr Lohrey. »Ich möchte mitmachen.«

Mr Lohrey nickt. Er spricht mit einer sanften Stimme, die mir zuwider ist. »Wir machen es einfach so, wie es für dich am besten ist. Wir können den Plan jederzeit ändern. Wenn du vielleicht mit Megan sprechen möchtest. Mrs Koetsveld. Sie sagt, du warst noch nicht ...«

»Ich gehe nicht zu ihr«, platze ich heraus. »Ich brauche das nicht. Mir geht's gut.«

Mr Lohrey nickt. »Okay. Dann fangen wir vielleicht mit dem Zahnarzt-Lied an. Brad?« Mr Lohrey schaut zu Brad Petterwood, der einen Arm um ein Chormädchen mit feuchten Augen gelegt hat. Er zuckt die Achseln. Ihm ist es egal.

»Wunderbar. Danke, Brad«, sagt Mr Lohrey. »Ich glaube, da müssen wir noch mal ran. Danach *Downtown*. Einverstanden, Therese?«

Wenn er mich doch nicht so behandeln würde, als würde ich jeden Moment zusammenbrechen.

»Mir geht's gut«, sage ich, lauter jetzt, meine Stimme hallt mir in den Ohren. »Sehen Sie nicht, dass es mir gut geht?«

Eine Welle läuft durch den Chor, sie schwappt bis zur Bühne.

»Guckt doch. Guckt sie euch an. So gut geht es ihr nicht.«

»Sie ist vollkommen durcheinander.«

»Wegen Nick Wallace.«

»Er war ihr bester Freud, oder?«

»Da muss mehr gewesen sein. Denkt nur an den Brief.«

»Glaubst du, sie hatten Sex?«

»Glaubt ihr, sie dreht durch?«

»Sie ist nicht zu ihrer Therapiestunde gegangen. Sie wollte nicht. Ich hatte meine schon.«

»SIE BRICHT GLEICH ZUSAMMEN. SEHT IHR NICHT, DASS SIE GLEICH ZUSAMMENBRICHT?«

Sie irren sich.

Ich empfinde überhaupt nichts.

Ich achte nicht auf die bescheuerten mitleidigen Blicke der anderen, als ich am Chor vorbei auf die Bühne gehe.

Ich nehme meinen Besen und stelle mich auf meine Position: vorne links.

Die Musik beginnt.

Ich bin nicht ich selbst.

Sechsundzwanzigstes Kapitel

»Hey, Kollegen.«

Rhino blickt von seiner Pastete auf und grinst. Flo erstarrt. Sie öffnet den Mund und ich weiß, dass sie mich fragen will, wie es mir geht.

Es ist meine erste Schicht auf der Arbeit ... *seitdem*.

Es geht mir gut. Es geht mir gut. Es geht mir gut.

Ich will nichts sagen müssen. Ich will fliehen. Hier ist einer der wenigen Orte, wo Wally nicht ist. Ich will ihn hier nicht haben.

Ehe Flo fragen kann, sagt Rhino schnell: »Auf welcher Seite hat ein Tiger die meisten Streifen? Auf der Außenseite!«

Es geht mir gut, also lache ich.

Ich bin normal. Hier ist alles normal.

Mein Herz ist verschlossen. Ich spüre es nicht mal mehr. Ich bin ein Schatten. *Es geht mir gut.*

»Der ist echt grottig, Rhino.« Ich setze mich neben ihn und stoße ihm gegen den Arm. »Und? Wie ist es so?«

»Gut«, antwortet er. »Mörderisch gut.«

Flo guckt uns verwirrt an. »Ähm, Tiger ...«

Ich presse die Lippen zusammen und schüttele den Kopf. »Flo, kannst du ... ich will einfach nur ... dass alles so ist wie immer, okay?«

Flo nickt langsam. »Okay. In Ordnung. Ich kann verstehen, dass du nicht drüber reden willst. Als meine Oma gestorben ist, war Reden auch das Letzte, was ich wollte.«

»Ich hab noch einen auf Lager«, sagt Rhino. »Was ist gestreift und hüpft auf und ab?«

»Lass mich raten. Ein Tiger auf einem Trampolin?«

»Wenn du es errätst, macht es keinen Spaß«, sagt Rhino gespielt beleidigt.

»Entschuldige«, sage ich. Ich grinse. Ich hätte nicht gedacht, dass ich heute grinsen würde.

Ich wende mich zu Flo. »Also, wie war dein Tag?«

»Im Ernst?«

Ich seufze. »Im Ernst, Flo. Bitte. Hier soll alles wie immer sein. Das verstehst du doch, oder?«

Flo lächelt und drückt meine Hand. »Ja. Okay. Mein Tag, hm? Na gut, also ...« Sie schaut an die Decke. »Na ja, der war eigentlich ziemlich cool. Ich hab Bio geschwänzt und bin mit Allie in die Stadt ...«

»Mit deiner Freundin?«

»Ex.« Flo lächelt. »Aber wir sind immer noch beste Freundinnen, du weißt schon, Friendship Goals. Obwohl sie jetzt mit Becca Hatami zusammen ist. Ist kein Problem für mich. Jedenfalls sind wir zu Red Herring, weil sie neue Flipflops brauchte und ...«

»Chloe Hammersmith, Kasse fünf bitte. Chloe Hammersmith«, jault Jamies Stimme durch den Lautsprecher.

Flo schmeißt die Gabel in ihre Tupperdose. »Meine Güte. Ich könnte dem Typ eine reinhauen. Und dann würd ich ihm in den pickligen Arsch treten und ...«

»Chloe sofort zu Kasse fünf. Chloe.«

»Ich glaube, er ist in dich verliebt«, sagt Rhino. »Uns ruft er nie so aus.«

Flo stöhnt. »Das hätte mir grad noch gefehlt. Die Cyborg-Liebe eines Jamienators. Geil. Bis gleich, Leute.«

»Raus mit dir«, sagt Rhino. Dann fängt er an zu summen. Flo und ich gucken uns an und verdrehen die Augen.

»Break My Stride«, sagen wir wie aus einem Mund.

Dann fängt Rhino noch an zu tanzen, sogar mit Running-Man-Einlage. »Du spinnst echt, Rhinozeros«, sagt Flo, aber sie lächelt.

Als sie weg ist, wendet Rhino sich zu mir. »Alles gut?«, sagt er beiläufig.

Ich weiß das zu schätzen. Den neutralen Gesichtsausdruck. Den Blick, der nicht voller Mitleid ist.

»Mir geht's ganz okay«, sage ich. »Ich hab jede Menge zu tun. Musik, die Arbeit, das Orchester, die Schule. So bin ich beschäftigt. Du weißt schon.«

»Beschäftigt mit dem ganzen öden Kram.« Rhino nimmt einen großen Bissen von seiner Pastete und prustet Krümel zu mir rüber, als er fragt: »Willst du nicht mal was unternehmen, was Spaß macht?«

»Das macht mir alles Spaß«, protestiere ich. »Ich mache ganz unterschiedliche Sachen. Theater. Gesang, Klarinette, Schreiben, Kunst ... Football gucken.«

»Super«, sagt Rhino und schleckt einen Klecks Tomatensoße vom Daumen. »Echt beeindruckend, deine ganzen außerschulischen Aktivitäten. Dein Lebenslauf muss ja der Hammer sein.«

»Musst du mich so runtermachen?«, sage ich.

»Du hast gesagt, es geht dir gut«, kontert Rhino.

»Stimmt ja auch.«

»Na dann.« Er legt ein Stück pampige Pastete auf die Gabel, zieht die Gabel zurück und katapultiert die Pastete auf meinen Kopf. »Bitte sehr.«

»Du Arsch!« Ich pflücke mir die Pastete aus den Haaren und schnicke sie zu ihm zurück.

»So nennst du mich morgen bestimmt nicht mehr«, verkündet er.

»Ach ja? Weil?«

Rhino schaut auf die Uhr. »Wir sollten jetzt wohl besser rausgehen. Der Jamienator duldet keine Faulenzerei.«

Er legt den Kopf schief und grinst. »*Hasta la vista,* Schlafmütze!«, sagt er mit Arnies Roboterstimme. »Ich ... verstecke mich hinter den Klorollen.«

Er lacht über seine eigenen lahmen Witze. Ich verdrehe die Augen.

»Was ist?«, sagt Rhino. »Das war ja wohl Gold. Comedy Gold!«

»Wieso werde ich dich morgen nicht Arsch nennen?«, frage ich noch mal und folge ihm nach draußen.

»Weil du morgen nicht zur Probe oder zum Orchester oder zum verdammten Stepptanz gehst – oder was auch immer du vorhattest. Morgen unternimmst du was mit mir.«

»Ich kann nicht«, sage ich. »Ich hab zwar keine Probe, aber ich hab Melody versprochen ...«

»Hast du Lust zu dem, was du versprochen hast?«, fragt Rhino und wischt sich die fettigen Pastetenhände an der Arbeitshose ab, bevor er den Zeigefinger auf den Scanner legt, um sich für die Schicht anzumelden.

Ich denke darüber nach. Habe ich Lust dazu?

Melody will, dass ich zu ihr komme und über meine »aufgestauten Gefühle« spreche. Sie sagt, wenn ich schon nicht zu einer richtigen Therapeutin will, soll ich wenigstens mit ihr reden, denn sie sei auch fast eine richtige Therapeutin. Sie sagt, wenn ich mit niemandem rede, wird das »furchtbare Konsequenzen für meine künftige psychische Gesundheit« haben.

Sie sagt, wir sollten »mindestens einmal pro Woche« reden.

Sie sagt, es sei ihre »Pflicht als Feministin sicherzustellen, dass meine Freundinnen angemessen für sich sorgen«.

Sie sagt, ich solle nicht das Gefühl haben, ihr zur Last zu fallen, denn es sei »eine perfekte Übung für meine zukünftige Karriere«.

Sie hat noch eine Menge mehr gesagt, aber da hab ich schon nicht mehr zugehört.

Und Rhino hat recht.

Ich habe überhaupt keine Lust morgen zu Melody zu gehen.

Ich will überhaupt nicht mit ihr reden. Ich will nicht ihr Versuchskaninchen sein.

Und mit meiner Psyche ist alles in Ordnung.

Er sieht mich prüfend an. »Ich kenne dich, Tiger Geeves. Und du und ich stürzen uns morgen ins Abenteuer.«

Er macht eine kleine Verbeugung und geht dann zu den Expresskassen.

Ich bin an Kasse dreizehn, weil das die netteste ist und ich das arme Küken bin. Und sie bieten mir heute zwei Pausen an statt einer.

Selbst die Kunden sind freundlicher als sonst.

Ich frage mich, ob sie Bescheid wissen.

Als eine alte Dame mich fragt: »Geht es dir gut, Liebes?«, packe ich ihr die Milch mit extra viel Schwung auf das Brot drauf.

Immer wenn unsere Blicke sich treffen, vollführt Rhino einen albernen Tanz. Er ist der Einzige, dem ich nicht vors Schienbein treten möchte.

Kurz vor Ende meiner Schicht kommt ein Junge rein, der genauso – und doch überhaupt nicht so – aussieht wie Nick Wallace.

Einen Moment stockt mir der Atem. Aber es ist nur ein dummer Moment.

Und danach ist wirklich alles okay.

Siebenundzwanzigstes Kapitel

Aber in der Nacht habe ich von ihm geträumt.

Der Traum fing damit an, dass ich in meinem Zimmer auf dem Fußboden sitze. Ich bin allein und es ist zu kalt, mein Zimmer ist zu klein, als würden die Wände mich erdrücken. Ich klettere aufs Bücherregal und stemme mich gegen die Zimmerdecke.

Und da fliegt sie in den Himmel.

Durch das Loch, wo die Decke war, sehe ich Wolken und meilenweit nur leeres Grau.

Dann ist der Himmel überall um mich herum.

Ich bin beim Footballplatz. Ich hab immer noch meinen Schlafanzug an, aber ich stehe auf der Tribüne vom West Park Oval.

Und mitten auf dem Platz ist Wally. Um ihn herum sind keine anderen Spieler. Er ist allein und trägt nicht sein Trikot, seine Shorts und langen Socken. Er ist ganz in Schwarz. Und neben ihm ist ein Brunnen. Wally wirft eine Münze nach der anderen hinein.

Er wünscht sich etwas.

Sein Mund geht auf und zu, er formt Worte, doch ich kann sie nicht hören.

»Wally!«, rufe ich. »Sag mir, was du dir wünschst.«

Er hört mich nicht oder tut so, als ob er mich nicht hört. Er wirft immer weiter Münzen, spricht immer mehr stumme Wünsche aus.

Ich will zu ihm rennen, runter von der Tribüne und rauf auf den Rasen. Aber irgendetwas hält mich zurück.

Jemand.

Ich drehe mich um und sehe, dass Melody und Mrs Koetsveld mich an den Händen halten. Sie versuchen mich von Wally wegzuziehen.

»Lass ihn gehen!«, rufen sie. »Sieh nach vorn. Lass ihn gehen!«

Ich schüttele sie ab. Ich muss zu Wally.

Er hat mich immer noch nicht gesehen, er guckt in die Wolken. Er hebt die Arme und jetzt sind es keine Arme mehr – es sind Flügel. Möwenflügel. Dann springt er in die Luft und verschwindet.

Dort, wo er gestanden hat, landet *sie* auf der Erde. Und sie hat auch Flügel, aber keine Möwenflügel. Ihre Flügel sind golden.

Sie trägt ein weißes Krankenhaushemd. Das Sonnenlicht verwandelt ihre langen braunen Haare in einen Heiligenschein.

Sie lächelt mich an und sagt etwas, aber wieder höre ich nichts.

Dann rennt sie weg.

»Geh nicht«, flüstere ich. »Geh nicht, Mummy.«

Und dann wird das Flüstern zu einem Schrei. Zu einem Heulen. Es fühlt sich an, als würden meine Eingeweide aus mir heraus auf den Rasen quellen.

Das Heulen dauert eine Ewigkeit, bis es zu einem Wimmern wird. Jetzt ist sie ganz verschwunden.

Oder war vielleicht nie da.

Ich frage mich, wann sie mich wieder küssen wird.

Und dann fällt Regen vom Himmel.

Nur dass es eigentlich kein Regen ist. Es sind Hunderte und Aberhunderte Blätter Papier und jedes Blatt ist über und über vollgeschrieben mit den Worten:

Liebe Mum.

Lieber Dad.

Als ich aufwache, fühlt sich das Licht an wie Schnitte von Papier.

Achtundzwanzigstes Kapitel

»Aber ich wollte was für uns kochen«, sagt Melody und guckt mich verwirrt an. »Ich hab schon ein Rezept rausgesucht. Eins von meiner Mutter – Rindersuppe mit Nudeln – und zum Nachtisch wollte ich Klebreis machen. Ich hab auch noch mehr gelesen. In den Fachbüchern meiner Mutter. Über Trauerarbeit. Und nach meiner Sitzung mit Megan hab ich mir haufenweise Notizen gemacht. Ich bin super vorbereitet. Wieso machst du jetzt einen Rückzieher, Resey?«

Ich zucke die Achseln und sage möglichst beiläufig: »Ich hatte nicht daran gedacht, dass ich schon mit Rhino verabredet war, der mit mir bei Woolworth arbeitet.«

»Rhino?« Sie runzelt die Stirn. »Der indische Typ mit der großen Nase?«

»Indisch-malaiisch«, verbessere ich sie.

»Von mir aus. Wieso bist du mit ihm verabredet? Das kannst du doch absagen, oder? Jetzt sind *wir* verabredet. Du kommst zu mir und redest mit mir über Wally, Resey. Du kannst nicht einfach ...«

Ich hebe eine Hand. »Kann ich wohl. Ich brauche das einfach nicht, Melody.« Im Hintergrund läutet es zum Ende der Mittagspause. »Tut mir leid. Ich brauche das nicht. Warum triffst du dich nicht einfach mit Peter? Der braucht nämlich Hilfe.«

»Er ist seit heute wieder in der Schule.« Roz steht mit mir zusammen auf. »Es scheint ihm besser zu gehen. Die Football-Jungs sind total nett zu ihm. Sogar Pedda. Viel netter als früher, als Wally noch lebte. Hey, weißt du noch, wie Wally ...«

»Nein«, sage ich heftiger als beabsichtigt. Bei Roz werde ich eigentlich nie sauer. Sie ist der liebste, freundlichste Mensch, den ich kenne, und sie hat zu Hause schon genug Ärger. Ich will nie so zu ihr sein wie ihre Eltern.

Aber ich bin es leid, dass sie Melody immer nach dem Mund redet.

Ich bin sie beide leid. Ich bin es leid zu reden. Ich bin das alles so leid.

»Ich will nicht über Wally reden.« Entschlossen gehe ich über den Rasen. »Nicht jetzt, nicht heute Abend ... ich will einfach nicht. Okay? Es hilft mir nicht. Ich muss eben damit klarkommen.«

Melody und Roz bleiben stehen. Während ich weitergehe, spüre ich ihre Blicke in meinem Rücken. Ich will nicht weinen. Ich will nicht reden.

Ich will einfach mit Rhino an den Strand.

Und morgen gehe ich zur Musical-Probe, Donnerstag arbeite ich, Freitag gehe ich zum Orchester und dann mache ich die Hausaufgaben für die nächste Woche.

Samstag gehe ich zum Football.

Genau wie immer.

Das Leben muss weitergehen. Damals, als ich ein Baby war, ist es auch weitergegangen. Es ist weitergegangen, als ich drei war. Und so muss es auch jetzt weitergehen.

Wally ist eine Erinnerung. Erinnerungen können einem nichts anhaben. Sie sind bloß Gedanken, nichts, ein leerer Himmel.

Melodie ruft: »Ich weiß, dass du wütend bist, Resey. Aber du bist nicht wütend auf uns. Du bist wütend auf Wally.«

Ich gehe weiter.

Als ich am Rand des Footballplatzes angelangt bin, renne ich los.

Der Rhythmus meiner Füße klingt wie sein Name:

Nick, Nick, Nick, Nick.

Ich renne schneller, damit es aufhört. Damit sich das Wort verändert.

Wütend, wütend, wütend, wütend.

Ich renne an Emma Houston vorbei. Unsere Blicke treffen sich. Ich gucke weg.

Wütend, wütend, wütend, sagen meine Füße.

»Therese?«, ruft Emma.

Ich laufe noch schneller und wieder ändert sich der Rhythmus.

Lasst mich in Ruhe. Lasst mich in Ruhe. Lasst mich in Ruhe.

Liebe Mum,
Jetzt verstehe ich
Das mit dem weglaufen.

Neunundzwanzigstes Kapitel

Rhino und ich laufen ins Wasser, wir haben die Jeans bis zu den Knien hochgekrempelt, Algen schwappen um unsere Knöchel. Der Himmel über uns ist von Sternen übersät. Am Strand zanken sich Möwen um eine schlappe Pommes. Jemand geht mit einem Hund Gassi, ruft ihn – »Mulder!« – und ermahnt ihn, nicht so weit wegzulaufen.

»Warum hast du mich mit hergenommen?«, frage ich Rhino.

»Wann warst du das letzte Mal am Strand?«, kontert er.

»Weiß ich nicht mehr.« Das ist gelogen. Ich weiß es noch. Es war mit Wally.

»Wann hast du das letzte Mal irgendwas anderes gemacht als Probe oder Arbeit oder Schule oder Football gucken?«

»Das mache ich aber alles gern«, sage ich und komme mir vor wie ein Song in Dauerschleife. »Das macht mich schließlich aus. Ich hab nicht nur *eine* Seite, sondern viele verschiedene Seiten.«

»Du bist nicht nur Tiger?«, fragt Rhino.

»Bist du nur Rhino?«

»Yep«, sagt er, ohne zu zögern.

»Was machst du denn so nach der Schule?«, frage ich. Von hinten schwappt eine Welle heran und macht meine Jeans nass. Das fühlt sich eigentlich ganz schön an. Kühl. Prickelnd.

»Wozu ich grad Lust habe«, sagt Rhino, als die Welle ihn erwischt. Er wird auch nass und lacht. »Ich bin nicht so scharf auf Extratermine. Ich mache einfach, wonach mir gerade ist, wenn ich nicht – Drama – zur Arbeit muss. Aber das ist ja auch nicht so schlecht. Ich meine, du bist da. Und Flo. Und wir können über den Jamienator lachen und dann hab ich noch meine Pastetenabenteuer. Aber abgesehen von der Arbeit, nö, da mach ich nicht so viel.«

»Dein Lebenslauf muss ja beeindruckend sein«, sage ich und lache.

»Ehrlich gesagt ist mir das schnurz«, sagt Rhino. »Das Leben ist das, was wir nicht planen.«

Ich hatte nicht geplant, dass Wally stirbt.

»Aber was sagst du dann?«, frage ich, um den Gedanken gar nicht erst hochkommen zu lassen. »Ich meine, wenn die Leute dich fragen, was du machst.«

»Fragen die Leute einen das echt, wenn man siebzehn ist?« Rhino guckt mich ungläubig an. »Mich fragt das keiner. Sie gehen einfach davon aus, dass ich zur Schule gehe. Was sollte ich in meinem Alter sonst machen?«

»Reicht das denn? Einfach nichts zu machen?«

Das Wasser ist jetzt nicht mehr kühl, sondern kalt. Rhino spürt es auch und wir gehen aus dem Wasser zurück auf den groben Sand.

»Ich hab nie gesagt, dass ich nichts mache«, sagt Rhino, holt ein Handtuch aus seiner Tasche und reicht es mir, damit ich mir die Beine abtrocknen kann. »Ist das hier nichts?«

Ich schüttele den Kopf und schaue zu den Wellen. »Aber ich weiß nicht so genau, warum du das für mich tust. Sonst haben wir außerhalb der Arbeit nie was zusammen unternommen.«

Ich hoffe inbrünstig, dass er jetzt nicht Wally und den Brief und das Geheimnis erwähnt. Denn bestimmt weiß er es. Er muss es wissen. Alle wissen es.

»Ich dachte, ein Ausflug zum Strand würde dir guttun«, sagt er nur. »Und danach vielleicht Fish and Chips?«

Ich atme auf.

Mit Rhino kann ich atmen.

»Fish and Chips klingt gut. Ich muss nur kurz Auntie Kath eine Nachricht schreiben.« Da kommt mir ein Gedanke. »Hey, Rhino, hat deine Freundin nichts dagegen, wenn du mit mir an den Strand und was essen gehst?«

Rhino schüttelt den Kopf. »Nee.«

»Die muss ja cool sein. Das Mädchen, dem dein Herz gehört.« Ich lächele ihn an.

Er guckt weg. »Sie ist cool«, murmelt er. »Das Mädchen, dem mein Herz gehört.« Er stößt mich an. »Jetzt schreib schon deiner tollen Tante, damit wir loskönnen. Mein Magen probt gleich den Aufstand, echt.«

Also schicke ich Auntie Kath eine Nachricht und sie schreibt zurück: »Viel Spaß, Tiger!« Dann gehen wir zusammen zu Fish Frenzy und essen Seebarsch mit Pommes. Rhino erzählt mir von der Rivalität zwischen den Boygroups der Neunziger, den Backstreet Boys und 'N Sync.

Seine Stimme ist wie ein Wiegenlied.

Dreißigstes Kapitel

Als ich nach Hause komme, ist Auntie Kath noch wach, sie arbeitet an einer Skulptur und hört No Doubt.

»Wie war's?« Dann sieht sie meine Jeans. »Du bist ja nass.«

»Ich bin ins Wasser gegangen«, sage ich.

Sie wird bleich.

»Mit Rhino«, sage ich schnell, denn ich weiß, was sie denkt. Es ist noch nicht lange her, dass wir zusammen Virginia Woolf gelesen haben. »Alles gut, Auntie Kath.« Ich lege ihr eine Hand auf den Arm. »Alles gut.« Sie nickt. Sie sieht hoffnungsvoll, aber nicht restlos überzeugt aus. »Es war aber arschkalt«, erzähle ich. Normal reden. Normal sein. »Ich glaube, ich gehe erst mal duschen ...«

»Hast du noch mal darüber nachgedacht mit Megan zu sprechen?«, ruft sie mir hinterher, als ich in Richtung Bad verschwinde.

»Mir geht's gut!«, rufe ich zurück.

Nachdem ich geduscht und meinen Schlafanzug angezogen habe, mache ich meine Schachtel auf und lege eine Muschel und ein Stück Treibholz hinein. Es sind Erinnerungen an ein Abenteuer. Sie zeigen, dass es für mich noch mehr gibt als Schule und Arbeit. Darauf wäre sie bestimmt stolz.

Ich versuche mich auf die Hausaufgaben zu konzentrieren – Mathe und Bio. Die Fächer, die ich am wenigsten mag.

Aber dann denke ich an Rhino und dass für ihn das Leben wichtiger ist als die Hausaufgaben. Und ich mache etwas, was ich schon ewig nicht mehr gemacht habe.

Ich baue in einer Ecke meines Zimmers meine Staffelei auf und fange an zu malen.

Während ich male, denke ich an sie: in ihrer Bluse mit Blumen und blauen, weißen und roten Tupfen. Ich denke daran, dass sie so vieles war.

Ich male ein Einhorn und eine Elfe.

Darunter schreibe ich in verschnörkelter Schrift:

Lauf mit mir
weit in den Himmel
Hol tief Luft
und lass dich fallen.

Als ich runtergehe, um mir einen Saft zu holen, arbeitet Auntie Kath immer noch. Sie trinkt einen Cider und die Musik hat jetzt zu Ska aus den frühen Neunzigern gewechselt.

»War sie schlau?«, frage ich. »Ich meine, war sie eine Streberin, so wie ich?«

Auntie Kath legt ihren Meißel nieder. »Ja«, sagt sie langsam. »Wenn sie Lust dazu hatte. Warum? Hast du Probleme mit den Hausaufgaben?«

»Ich mache gar keine Hausaufgaben«, gebe ich zu. »Ich male.«

»Du bist immer beschäftigt, oder?« Auntie Kath schüttelt den Kopf. »Du machst nie mal Pause, was, Tigermaus?«

»Doch«, widerspreche ich. »Ich mache jetzt eine Pause. Du nicht.«

Auntie Kath wischt sich die Hände an der Jeans ab. »Jetzt mache ich auch Pause. Magst du einen Keks?« Sie nimmt die Keksdose vom Schrank. Die ist voll mit den Haferplätzchen, die wir zusammen gebacken haben. Meine sind bernsteinfarben und weich. Ihre sind blass und hart.

Sie hat den goldenen Sirup vergessen.

Ich nehme eins von meinen Plätzchen und eins von ihren (damit sie nicht traurig ist) und wir setzen uns zusammen aufs Sofa.

»Erzähl mir mehr darüber, wie sie in der Schule war«, sage ich.

Ich lege den Kopf auf Auntie Kaths Schulter und sie erzählt, dass meine Mutter Mathe gehasst hat, aber gut in Kunst und Englisch, Fotografie und Philosophie war. Sie hat Preise gewonnen. Sie stand mit Foto in der Zeitung. Aber wegen der Naturwissenschaften hätte sie um ein Haar die zehnte Klasse nicht geschafft.

»Sie sagte, sie hasst Naturwissenschaften und findet es sinnlos, dafür zu lernen, wenn sie sowieso Künstlerin werden will. Sie hat nur bestanden, weil deine Oma die Hälfte für sie gemacht hat.« Auntie Kath lacht. »Den Streit hättest du hören sollen – die Tochter von Therese Geeves fällt in den Naturwissenschaften durch!« Sie schüttelt den Kopf. »Aber in der Elf hat sie Bio und Physik gewählt, nur um zu beweisen, dass sie es konnte, und in beiden Fächern eine Eins geholt, ganz ohne Grandma Ts Hilfe. Sie wollte unserer Mutter zeigen, dass sie in den Naturwissenschaften glänzen konnte, wenn sie wollte. Wenn Birdie sich etwas in den Kopf gesetzt hatte, konnte sie alles.«

»Sie war eine Überfliegerin.«

Auntie Kath nickt. »Sie war die Überfliegerin von uns beiden. Ich war immer ganz gut, aber nicht außergewöhnlich.«

»Du bist eine außergewöhnliche Künstlerin.«

Auntie Kath guckt skeptisch. »Durch jahrelange Plackerei bin ich eine ganz passable Künstlerin geworden …«

»Eine außergewöhnliche Künstlerin«, korrigiere ich entschieden und zeige auf die Skulptur – das ehrfürchtig verzückte Gesicht, das unter ihren Händen entsteht. Auntie Kath kann aus nichts etwas Magisches erschaffen. Sie ist außergewöhnlich.

»Ja, na gut ...«, murmelt sie.

»Einige deiner Werke stehen in der National Gallery in Melbourne«, erinnere ich sie.

»Und eins in London, zwei in Spanien ...«, gibt sie zu.

»Wenn ich nicht wäre, wärst du weltberühmt«, murmele ich und schaue auf meine farbbekleckten Hände.

»Wenn du nicht wärst, hätte ich kein Herz; ich hätte nicht mal ein winziges Stückchen von dem Glück, das ich jetzt habe«, sagt sie und packt mich an den Armen. »Wehe, du denkst, ich wäre ohne dich besser dran. Wehe.«

Sie schüttelt mich so fest, dass mir Tränen in die Augen steigen.

»Tut mir leid«, sagt sie und lässt mich los. »Hab ich dir wehgetan?«

Ich schüttele den Kopf und blinzele die Tränen weg. Ich werde nicht weinen.

»Tiger ...«

Jetzt hat sie wieder diesen Blick.

»Ich geh mal wieder hoch«, sage ich. »Ich muss die Hausaufgaben für Bio fertig machen. Ach ja, und morgen haben wir eine Zusatzprobe für das Musical. Und ich hab eine Extraschicht übernommen und ...«

»Siehst du? Nie machst du mal Pause«, sagt Auntie Kath wieder. Sie hat die Stirn in Falten gelegt und beißt sich auf die Lippe.

»Ich hab doch eine Pause gemacht«, erinnere ich sie. »Ich war heute Abend am Strand.«

»Gut.«

Und vielleicht denkt sie, ich wäre zu weit weg, um zu hören, was sie dann sagt, aber ich höre es, und es schaudert mich.

»Bitte, Tiger. Bitte lauf mir nicht weg.«

Liebe Mum,
Du hast es kapiert, oder?
Wenn du immer weiterläufst,
kann nichts dich lange genug festhalten,
um dich runterzuziehen.

Einunddreißigstes Kapitel

In der Schule gehe ich Melody und Roz aus dem Weg. Ich gehe Mrs Koetsveld aus dem Weg. In der Mittagspause helfe ich freiwillig in der Mensa, obwohl ich diesen Monat nicht dran bin.

Bloß kein Leerlauf. Jeder Augenblick ist prall gefüllt.

Ich schreibe über meine Tage und lege die Briefe in meine Schachtel.

Ich schaue nicht auf Wallys Trikot in meiner Schublade. Ich denke nicht an Wally.

Wenn ich gehe, hat der Rhythmus nie seinen Namen.

Manchmal träume ich von ihm, aber im Traum ist er tot. Ich wache schwitzend und zitternd auf. Aber irgendwie ist es besser, auf diese Weise von ihm zu träumen.

Am Samstag gehe ich zum Football. Ich bin allein. Melody und Roz sind nicht da, weil ich ihnen nicht erzählt habe, dass ich hingehe. Als ich mich beim Kaffee anstelle, werde ich von einem Typ mit Holzfällerbart und Fedora bedient, nicht von dem blonden Mädchen. Ich frage mich, ob Melody heute gekommen wäre, wenn das blonde Mädchen arbeiten würde. Ich frage mich, ob sie nur gekommen ist, um mit ihr zu flirten.

Ich frage mich, ob sie sich überhaupt je für Wally interessiert hat.

Ich bin nicht wegen Wally hier.

Peter kommt, doch er setzt sich hinter die Reservebank und quatscht mit den Spielern. Er winkt mir zu und nickt. Ich winke zurück und lächele und dann bin ich wieder allein.

Ein paar von den Fangirls kommen vorbei und sagen Hallo. Sie gucken mitleidig.

Mir egal. Mir egal. Mir egal.

Ich bin nur hier um Football zu gucken, denn das gehört zu den Sachen, die ich mache. Football ist ein Teil von mir.

In der Halbzeit wird eine Schweigeminute für Wally abgehalten.

Nach außen hin bin ich still, denn das wird von mir erwartet.

Innerlich schreie ich. *Hört auf. Hört auf. Hört auf zu schweigen. Füllt die Welt wieder auf.*

Dann ist es vorbei.

Ich atme auf.

Hinter der Reservebank, ein Stück hinter Peter, sehe ich auch Hannah. Ich frage mich, ob sie wohl weiterhin zu den Spielen kommt.

Gestern war ihr Foto in der Zeitung. Ihre Augen waren rot, in einer Hand hielt sie ein paar von Wallys Footballschuhen, in der anderen ein Foto von ihm. Die Überschrift lautete: *Mutter und Stadt trauern um den Tod des Goldjungen.*

Unter dem Artikel standen Nummern der Telefon-Seelsorge und anderer Notdienste. Ich habe lange auf die Nummern gestarrt und sie mir eingeprägt. Nicht weil ich dort anrufen will. Nur damit mein Hirn etwas zu tun hatte.

Ich bin froh, dass es die Nummern gibt. Aber ich brauche sie nicht.

Die Hawks gewinnen und sagen, es ist für Wally. Ich frage mich, ob er, wenn er leben würde, heute überhaupt spielen würde.

Vielleicht wäre er schon auf dem Festland, verschwunden, um für den Wechsel und die nächste Saison zu trainieren.

Ich frage mich, ob er mich gebeten hätte mitzukommen ...

Hör auf, hör auf, hör auf.

Meine Füße schreien, als ich weggehe. Renne.

Ich kaufe mir eine Fleischpastete, die ich essen kann, während ich auf den Bus warte.

Als ich zum Tor komme, wartet Rhino auf mich. Er zeigt auf die Pastete. »Rind?«

Ich nicke. »Aber mit Barbecue-Soße. Ich lebe wild und gefährlich.«

»Ich hatte eine mit Schnitzel und Curry«, sagt er. »Von Banjo's. Während ich auf dich gewartet hab.«

Ich gehe zur Bushaltestelle. Ich muss die Pastete aufessen, bevor der Bus kommt, deshalb nehme ich einen großen Bissen. Ich rede mit Pastete und Hackfleisch im Mund, es kümmert mich nicht. Bei Rhino braucht mich so was nicht zu kümmern. »Warum hast du auf mich gewartet?«

Er vollführt einen lustigen kleinen Schiebetanz und summt einen Jamiroquai-Song. Ich gucke ihn fragend an. Er hört auf zu tanzen. »Ich dachte mir, du fährst vielleicht nach Hause und machst Hausaufgaben.«

Ich schlucke. »Da hast du richtig gedacht. Und dann backe ich mit Auntie Kath Bananenbrot. Und dann gehe ich zu Brad und probe mit ihm und Jarrod ein paar Songs für das Musical. Und dann hab ich Melody gesagt, dass ich …«

»Du wirst nichts davon tun.«

Ich beiße noch mal von der Pastete ab und überlege, was ich sagen soll. Ich achte nicht auf Rhinos Blick und sein Fußklopfen, während er wartet. »Doch«, sage ich schließlich. »Das ist der Plan.«

»Pläne können sich ändern.«

Ich schüttele den Kopf. Der Bus rollt auf uns zu, fährt langsamer, als er zu unserer Haltestelle kommt. Ich krame in der Tasche nach meinem Ticket.

»Warum machst du das, Rhino? Erst der Strand und jetzt das hier?«

»Du willst keine Hausaufgaben machen. Und mit Melody willst du dich eigentlich auch nicht treffen.«

»Sie ist meine beste Freundin. Und mein anderer bester Freund ist gestorben, weißt du noch?«

Er nickt. »Ja. Du kannst darüber reden, wenn du möchtest. Ich hör dir bis in alle Ewigkeit zu.«

»Ich will nicht drüber reden.«

»Du willst auch nicht mit Melody abhängen, oder? Also biete ich dir einen Ausweg ohne noch mehr verdammte Hausaufgaben.«

»Sie wollen reden«, gebe ich zu. »Und ich will einfach nach vorn schauen. Das ist das Beste.« Ich beiße mir auf die Lippe. »Ich müsste trotzdem mal, na ja, was mit ihnen unternehmen. Und das mach ich auch, sobald ich ... ich weiß nicht. Sobald ich ...«

»Sobald du so weit bist.«

»Ja. Und ich weiß, dass ich das Problem angehen müsste ...«

»Müsste, müsste, müsste.« Der Bus hält und Rhino fasst mich am Arm. Ich lasse die Leute – fröhliche Leute in Braun und Gold und mürrische in Weiß und Rot – vorbeigehen und in den Bus steigen. »*Müsste* Hausaufgaben machen. *Müsste* mich mit meinen Freundinnen treffen. *Müsste* in den Bus einsteigen ... Steig nicht ein. Die Hausaufgaben kannst du auch später noch machen und bestimmt kann deine Tante auch ohne dich backen.«

»Eben nicht. Sie ist eine miserable Bäckerin. Sie macht Baiserkuchen ohne Eier und Apfelkuchen ohne Äpfel. Sie fackelt die Bude ab. Weil sie Feuer und Flamme für ihre Kunst ist und ihr beim Backen garantiert irgendeine Idee kommt, für die sie alles stehen und liegen lässt. Und die Hausaufgaben können heute nicht warten, weil ich sowieso schon hinterherhänge.«

»Hängst du wirklich hinterher? Oder hast du schon alles fertig und möchtest dich nur noch mal dransetzen, damit es noch besser wird?«

Wie zum Teufel kann er das wissen? Wieso weiß er das alles? All das, was ich gut zu verbergen glaube.

»Es muss gut werden«, sage ich und recke das Kinn vor.

»Wer sagt das? Außerdem ist es bestimmt schon gut. ›Gut‹ kriegst du in fünf Minuten hin, Tiger, stimmt's? Und wenn deine Tante das Bananenbrot versaut, dreht die Erde sich trotzdem weiter. Die Welt geht nicht unter, wenn du deine Pläne änderst, Tiger.«

Die Pläne haben sich geändert. Wally ist gestorben.

Aber wenn ich nach vorn schaue, kann ich den Bruchstellen entkommen. Kann den Rissen ausweichen wie in einem der alten Indiana-Jones-Filme, die Auntie Kath so liebt.

»Warum machst du das?«, frage ich wieder, als der letzte Footballfan die Stufen zum Bus raufgeht. »Und jetzt sag nicht, dass du mir eine Ausrede bietest. Was hast du davon?«

»Mir ist einfach danach«, sagt Rhino nur.

»Und du machst immer das, wonach dir gerade ist?«

Rhino grinst. »Yep.«

Ich seufze. »Also, wonach ist dir jetzt, Ryan Abdul Haqq Krishnappan?«

»Nach dem Park«, sagt Rhino. »Nach Schaukeln. Vielleicht auch rutschen.«

»Ich war nicht mehr auf der Schaukel, seit ich ein Kind war«, sage ich.

Rhino lacht. »Du bist immer noch ein Kind, Tiger. Du hast es nur vergessen.«

Zweiunddreißigstes Kapitel

Auf der Schaukel will Rhino mich unbedingt höher und höher schubsen, bis ich die Schuhe verliere und ein kleines Mädchen anfängt zu weinen, weil sie Angst hat, ich könnte runterfallen.

»Er ist ein guter Schaukel-Schubser«, flüstere ich dem zweifelnden kleinen Mädchen zu, das, wie wir erfahren, Amelia heißt. »Und ein toller Mensch. Bei ihm kann dir nichts passieren.«

Rhino schubst Amelia eine halbe Stunde lang an. Schon bald hört sie auf zu weinen und lacht und ruft: »Mehr, mehr!«

Während Rhino mit seiner neuen kleinen Freundin spielt, unterhalte ich mich mit ihrer Mutter, Samantha, über die Schule und ihre Arbeit in einem Callcenter und ihre andere Tochter, Charlotte, die zum ersten Mal ohne ihre Mama zum Spielen verabredet ist.

»Sie ist meine Kleine und sie wird zu schnell groß.« Samantha seufzt. »Das Leben ist viel zu kurz, oder?«

Ich nicke nur.

Sie fragt mich, was ich gern mache. Ich erzähle ihr von der Schule, dem Orchester und der Arbeit. Ich erzähle ihr, dass ich Football mag und gern mit Auntie Kath backe und Theater spiele und male.

»Und du schaukelst gern«, sagt Samantha.

»Ja.« Ich lache. »Ich schaukele gern.«

»Schaukeln stelle ich mir am spaßigsten vor«, sagt sie.

Nachdem Amelia schließlich genug vom Schaukeln hat, genug

vom Park, genug von *allem* (»Na komm, Maus, Zeit für deinen Mittagsschlaf«), besuchen Rhino und ich die Emus.

Wir lachen über die lustigen Hupgeräusche, die sie machen und die sich fast wie Muhen anhören, und ihren Mick-Jagger-Gang.

»Die Viecher haben echt Stil«, sagt Rhino.

Dann setzen wir uns auf die Spielplatz-Lokomotive, essen Geleeschlangen und erzählen uns Tiger- und Rhinozeros-Witze.

An der Bushaltestelle verabschieden wir uns. »Bis Dienstag«, sage ich. »Auf der Arbeit. Es sei denn, du kidnappst mich noch mal.«

»Darf ich dich denn noch mal kidnappen?«, fragt Rhino.

Lachend schüttele ich den Kopf. »Montag hab ich Musicalprobe. Und morgen muss ich endlich meine Hausaufgaben machen. Und bist du mich nicht langsam mal leid?«

»Ein bisschen schon«, sagt Rhino. »Aber weißt du, ich betrachte es als soziale Tat.«

Er grinst mich an und gibt seinem Bus ein Zeichen, anzuhalten. »Ich hab dich noch gar nicht gefragt, Tiger – wie ist es so?«

»Im Moment ganz okay«, gebe ich zu.

»Dann ist meine Arbeit an dieser Stelle wohl beendet«, sagt er und steigt in den Bus. »Bis Dienstag.«

»Bis dann.« Da fällt mir etwas ein. »Hey, Rhino!«, rufe ich. »Wenn wir uns das nächste Mal treffen, kannst du ja deine Freundin mitbringen. Ich würd sie gern kennenlernen.«

Er hat mich wohl nicht gehört. Er ist schon halb im Bus. Er lächelt und winkt, während ich mir vornehme, ihn Dienstag noch mal auf seine Freundin anzusprechen.

Ich weiß noch nicht mal, wie sie heißt.

Ich komme rechtzeitig zum Backen nach Hause. Auntie Kath fragt nicht, weshalb ich so spät dran bin, und sie drängt mich auch nicht meine Hausaufgaben zu machen. Sie weiß, dass ich alles im Griff habe.

Wir zerdrücken Bananen, sieben Mehl und fetten Bleche ein. Sie konzentriert sich darauf richtig abzuwiegen, keine Zutaten zu vergessen, auf den Unterschied zwischen Rühren und Unterheben.

Die Stille gefällt mir. Ich bin nicht in der Stimmung zu reden.

Als das Bananenbrot im Ofen ist, setzen wir uns auf den Fußboden und schauen zu, wie es aufgeht. Sie gibt mir einen Kuss auf den Kopf und es ist still und warm und ich bin nur ein paar Meilen vom Glücklichsein entfernt, nicht mehr Kontinente. Draußen kommt ein Wind auf. Von einem der Äste des Eukalyptusbaums gegenüber hängt ein Seil herab. Es war einmal eine Schaukel, bis der Reifen abgefallen ist.

Das weiß ich.

Trotzdem muss ich weggucken.

Dreiunddreißigstes Kapitel

Melody fängt mich bei den Spinden ab.

»Was ist los mit dir?«, ruft sie. Ich hab dich seit Tagen nicht gesehen – ziemlich genau seit der Beerdigung – und ich mach mir Sorgen. Wir machen uns beide echt Sorgen, Roz und ich. Wir haben Angst, dass du dich zurückziehst. Und du warst immer noch nicht bei Mrs Koetsveld. Das weiß ich, obwohl sie gesagt hat, dass sie mir das nicht erzählen darf. Und in meinem Spind hab ich Baozi und Jiaozi und alle möglichen frittierten Desserts; hat alles meine Mutter für dich gemacht. Und ich hab grad ein ganz tolles Buch von Clementine Ford gelesen und kann es kaum abwarten, dass du es auch liest, damit wir darüber reden können. Und ...«

Auf einmal sieht Melody ganz klein aus. Und Melody Kwong ist ein Meter achtzig. Sie sieht nie klein aus. »Resey, ich komm schon irgendwie damit klar, meinen Twitter-Feed mit Hashtags darüber zu füttern, wie geil das Buch ist. Und mit dem Schweinegeruch in meinem Spind komme ich auch fast klar. Aber ich komme nicht damit klar, dass du nicht mit mir redest. Weil es unfair ist. Echt. Wir sind schon so lange befreundet, ich erzähle dir alles und du erzählst mir alles und ich komme nicht damit klar, dass es jetzt anders ist. Bitte, Resey, ich muss mit dir reden. Und du musst mit mir reden. Weil Wally dich in dem Brief erwähnt hat und ich weiß, dass irgendwas passiert ist, und ich will, dass du es mir erzählst. Du musst mir alles erzählen. Und in dem Buch gibt es ein Zitat, das besagt, der Feminismus hilft dabei, sich wie ein Mädchen zu fühlen, ohne dass es wehtut. Und das trifft auf mich auch zu, aber weißt du, was noch mehr hilft? Du. Mit dir tut alles weniger weh, Resey, und jetzt, ohne dich, tut alles sehr weh.«

Melody verstummt und atmet endlich.

»Bist du fertig?«

Melody schüttelt den Kopf. »Nein. Ich muss dir noch erzählen, dass ich eine Freundin hab, und ich glaube, ich liebe sie.« Sie hält inne. »Jetzt bin ich fertig.«

»Du hast eine Freundin?«

Melody nickt und lächelt zaghaft. »Das Mädchen vom Kaffeestand. Jacinta. JC. Sie ist Barista und Tänzerin.« Melody wackelt ein bisschen mit den Händen. »Ich hab nach der Trauerfeier mit ihr geredet und sie hat vorgeschlagen mal zusammen auszugehen. Sie hat sogar eine Schicht abgesagt, damit wir uns zum Lunch treffen konnten – und stell dir vor, Resey, sie findet Roxane Gay gut. Und Wonder Woman und sie kennt die ganzen Songs aus *Once More, With Feeling* auswendig und sie will Psychologie studieren und ... Resey, findest du das schlimm? Siehst du! Ich muss dich so was fragen! War es verkehrt, dass wir direkt nach der Trauerfeier zusammengekommen sind?«

Ich seufze. »Wahrscheinlich. Aber ich freue mich für dich.«

»Ich freue mich auch«, sagt Melody. »Aber nur so halb. Denn wenn du nicht mit mir redest, kann ich nicht hundertprozentig glücklich sein. Du musst mir das Geheimnis verraten, das ...«

Ich balle die Hände zu Fäusten. »Hier geht es nicht um Tratsch, Melody. Ich bin keine Klatschgeschichte.«

»Ich weiß, aber ...«

»Ich hab dir doch gesagt, dass ich nicht reden will.«

»Warum nicht? Das ist ungesund, Resey. Das weißt du doch bestimmt auch.«

Ich hole meine Englischbücher aus dem Spind und knalle die Tür wieder zu. »Es ist gesund. Es ist normal. Es ist okay!«, brülle ich. »Nicht jeder muss alles so machen wie du, Melody. Das haben deine feministischen Bücher dir doch bestimmt beigebracht, oder? Es gibt nicht nur einen Weg, also lass mich einfach meinen Weg gehen. Klar?«

Melody reißt die Augen auf. Ich glaube, ich bin in ihrer Gegenwart noch nie laut geworden, außer wenn ich mich über Schiedsrichter aufrege.

»Entschuldige«, sage ich, jetzt etwas ruhiger. »Entschuldige, dass ich dich angeschrien hab, und ich freu mich wirklich, dass du eine Freundin hast und dann noch eine, die *Once More, With Feeling* toll findet. Es ist mir ganz egal, wo ihr zusammengekommen seid, ich freue mich einfach, dass du glücklich bist. Und ich lese das Buch, ich esse sogar die Baozi, aber ... Melody, es tut mir leid, aber ich muss dir im Moment aus dem Weg gehen.«

Melody sieht gekränkt aus. Doch dann setzt sie ihre professionelle Miene auf. »Weil du mit Wallys Tod nicht fertigwirst.«

Ich werde sehr gut damit fertig.

Er hat in einem Baum gehangen.

Ich schließe die Augen.

Ich öffne die Fäuste und balle sie wieder zusammen. Ich versuche zu atmen, aber es ist, als wäre meine Lunge zu klein.

Melodys Worte piksen wie feine Nadeln in die Blase, die ich um mich herum gebildet habe. »Weißt du noch, als du Wally das erste Mal gesehen hast?«

Siebte Klasse.

Verfügungsstunde.

Miss Newman vorn im Klassenzimmer, wie sie uns erzählt, dass wir alle ganz tolle Freunde werden.

Vögel am Fenster.

Der Geruch von Gras – es ist noch Sommer.

Melody auf meiner einen Seite. Roz auf der anderen.

Beschützt.

Meine Bücher vor mir ausgebreitet, ordentlich gespitzte Bleistifte, nagelneue Kugelschreiber, Radiergummis mit Erdbeerduft.

Ich höre nicht auf das Getuschel der paar Kinder, die mich nicht kennen:

Ist sie das?

Die mit der ...

Sie war noch ein Baby.

Meine Mutter hat's mir erzählt.

Ich hab sie schon mal in der Stadt gesehen.

Können wir sie darauf ansprechen?

Meinst du, sie erzählt es uns?

Melody gab mir ein Brausebonbon und einen Aufkleber mit einer feministischen Faust darauf. *Stark bleiben,* stand auf ihrem Zettel. Roz schob mir eine edle Schokolade rüber, die sie aus der Schublade ihrer Mutter stibitzt hatte. *Wir sind bei dir,* stand auf ihrem Zettel, dazu ein Herz und ein Kuss.

Ich schob zwei Zettel zurück: *Danke!*

Die kriegen sich schon wieder ein, schrieb Roz. *Über mich haben sie auch getuschelt, wegen meiner Haare und weil meine Eltern reich sind.*

Über mich haben sie getuschelt, weil ich asiatisch und lesbisch bin. Melody zwinkerte mir zu, als ich ihren Zettel las. *Ich geb ihnen ordentlich Kung Fu auf den Hintern. Dann reden wir drüber und dir geht's besser.*

Ich wusste, dass es ein Witz war. Jedenfalls das mit dem Kung Fu. Melody hasst Kampfsport genau wie alle anderen Sportarten.

Aber das konnten die anderen ja nicht wissen.

Miss Newman erklärte uns den Stundenplan.

»In der ersten Stunde habt ihr immer ein Kernfach. Kernfächer sind Mathe, Englisch, Naturwissenschaften, Sport und …«

In dem Moment flog die Tür auf.

Dunkles Lockengewirr, braune Haut, lange Beine.

Ein braungoldener Schal.

Ein neuer Schüler.

Natürlich waren wir alle neu, frisch von der Grundschule, neu in der Klasse und auf der Highschool. Aber die meisten von uns waren zusammen auf dieselbe Grundschule gegangen. Ich dachte, er käme von außerhalb, trotzdem kam er mir bekannt vor. Als hätte ich ihn vielleicht schon ein- oder zweimal aus dem Augenwinkel gesehen.

»Und du bist …« Miss Newman versuchte streng zu klingen. Selbst da wussten wir schon, dass sie das nicht konnte.

»Ich bin Wally. Nick Wallace. Ich war auf der christlichen Grundschule, aber ich bin wegen dem Footballteam hierhergewechselt. Das von denen war grottig. Freut mich Sie kennenzulernen.«

Er reichte Miss Newman die Hand.

Mein Herz wechselte den Rhythmus, es fing an zu tanzen.

Miss Newman nahm seine Hand und schüttelte sie. »Freut mich auch dich kennenzulernen, Footballspieler Wally-Nick Wallace. Und warum kommen wir zu unserer allerersten Stunde in der Highschool zehn Minuten zu spät?«

»Würden Sie mir glauben, dass ich von Aliens entführt wurde?«, fragte Wally. Die Klasse lachte.

Da haben wir uns alle in Wally verliebt.

Sogar Miss Newman. Sie lachte auch. »Das würde ich gern, denn es ist bestimmt viel interessanter als der wahre Grund.«

»Traurig, aber wahr, Miss Newman«, sagte Wally. »Der wahre

Grund ist, dass meine Mutter auf dem Parkplatz irgendwie die Krise gekriegt hat. Ihr kleiner Junge geht auf die Highschool. Tränen über Tränen. Und dann wollte sie, dass ich einen Schal umbinde, und ich hab gesagt, der steht nicht auf der Liste für die Schuluniform, aber sie hatte die fixe Idee, dass ein Schal mich vor möglichen Bazillen und Keimen schützen würde.« Wally seufzte. »Und hier bin ich also. Mit Schal. Aber hoffentlich keimfrei.«

»Den Schal musst du abnehmen«, sagte Miss Newman. »Obwohl mir die Farben gefallen. Hawks-Fan?«

Wally nickte. »Australian Football League und Tasmanian Football League. Ich will eines Tages für beide spielen.«

»Na, da hast du dir ja hohe Ziele gesteckt«, sagte Miss Newman. »Aber erst mal musst du dir deinen Stundenplan anschauen. Mit dem Thema Verfügungsstunde sind wir schon durch. Jetzt sind wir bei der Frage angelangt, was ein Kernfach ist. Das ist hochinteressant. Da ist ein freier Platz für dich.« Miss Newman zeigte auf den Platz vor uns. Neben Peter.

»Danke, Miss N«, sagte Wally und wickelte den Schal ab.

»Ihr habt eine Minute Zeit eure Sitznachbarn kennenzulernen«, sagte Miss Newman. »Dann möchte ich eure volle Aufmerksamkeit.« Sie klatschte in die Hände und sah uns erwartungsvoll an.

»Hi, ich bin Peter.« Peter reichte ihm die Hand. »Auch bekannt als Casanova-Pete.«

»Echt?« Wally guckte zweifelnd.

Peter seufzte. »Nee. Aber kam es gut rüber? Wenigstens ein bisschen?«

Wally nahm Peters Hand und schüttelte sie fest. Mit der anderen Hand schlug er ihm auf die Schulter. »Sei am besten einfach du selbst, Alter«, sagte er.

Dann wandte er sich zu mir und Melody und Roz. »Hallo, ich bin Wally«, sagte er. »Ich hab hier überhaupt keine Freunde. Kann ich euch nehmen? Und der hier auch?« Er zeigte mit dem Daumen auf Peter.

Peter lachte. »Gute Ansage, Alter. Da bin ich dabei.«

»Ihr könnt gern beide unsere besten Freunde fürs Leben sein.« Melody sprach für uns drei. »Aber nur, wenn Resey deinen Schal kriegt. Sie ist total verrückt nach den Hawks.« Sie zeigte auf meine Mappe, die mit goldbrauner Folie beklebt war.

»Ist schon gut«, murmelte ich. »Das ist dein Schal. Es ist okay.«

»Ich hab noch zwei andere davon«, sagte Wally und reichte mir den Schal. »Meine Mutter steht voll auf Schals. Du kannst ihn haben, wenn du versprichst, meine allerbeste Freundin zu sein. Abgemacht?«

Ich nickte. »Okay.«

Ich nahm den Schal.

Er roch nach ihm.

»Echt cool von dir, Champ«, sagte Wally.

Von diesem Moment an liebte ich ihn. Und das hat nie aufgehört.

Er hat in einem Baum gehangen.

Ich atme mit offenen Augen, werde zu nichts.

»Natürlich weiß ich das noch«, sage ich zu Melody. »Was hat das jetzt damit zu tun?«

»Weißt du noch, wie witzig er war und wie alle in der Klasse …«

»Ich will nicht darüber sprechen«, knurre ich. Ich zwänge mich an ihr vorbei und stapfe davon, durch den Flur zu meinem Englischkurs.

»Du musst mit jemandem reden!«, ruft Melody hinter mir her. »Du musst mit Mrs Koetsveld reden. Das ist wichtig!«

Ich ignoriere sie und gehe schneller.

Ich werde niemals mit Mrs Koetsveld reden.

Und mit Melody auch nicht.

In der Mittagspause werde ich wieder freiwillig in der Mensa helfen und nach der Schule übe ich meine Musical-Songs. Morgen überlege ich mir was, wie ich ihr und Roz für den Rest der Woche aus dem Weg gehen kann.

Ich rede nicht über Wally.

Ich will, dass er weg ist.

Liebe Mum,
wenn es ein Wort
Für mein bisheriges Leben gäbe,
Dann wäre es
weg.

Vierunddreißigstes Kapitel

Am Dienstag nach der Schule bekomme ich eine Nachricht von Rhino.

Lass uns heute nicht zur Arbeit gehen.

Ich antworte.

Was???

Es sei denn, du brauchst die Kohle.

Was für ein Blödsinn. Ich drücke auf die grüne Taste.

»Rhino, was soll das?«

»Hey, Tiger. Wie ist es so?«

»Ich kapier's nicht. Also ... was quakst du da? Was soll das heißen, ›lass uns heute nicht zur Arbeit gehen‹?«

»Seit wann quaken Rhinozerosse? Hey, warum mögen Tiger keinen Schnellimbiss? Weil sie ihn nicht fangen können!«

»Rhino, du bist total drüber. Bleib mal beim Thema. Arbeit?«

»Arbeit. Stimmt. Also, brauchst du die sechs Dollar fuffzich, die wir heute Abend unter Tage machen?«

»Nein. Das Geld brauch ich eigentlich nicht, aber ...«

»Kein Aber. Ich hab einen Plan. Du sagst, du hast eine Musicalprobe, die du nicht versäumen darfst – wenn es um die Schule geht, dürfen sie dir keinen Stress machen –, und ich sage, ich hab Magen-Darm.«

»Du willst blaumachen? Du weißt doch, dass der Jamienator es sofort riecht, wenn einer krankfeiert.«

»Zum Glück ist unser geschätzter Droide heute nicht da – ich hab nachgesehen. Also kann er auch nicht bei Mr Blakely petzen gehen – na ja, behaupten, er würde zu Mr Blakely gehen und sich dann hinter den Klorollen verstecken. Außerdem lässt sich Magen-Darm viel leichter vortäuschen als eine Erkältung, weil man nicht mit Krächzstimme sprechen muss. Und man ist meist schnell wieder auf den Beinen, also kann ich Donnerstag direkt wieder zur Arbeit.«

»Und wenn uns einer sieht, während wir eigentlich singen oder ... kotzen sollten?«

»Uns sieht keiner. Weil wir zu einem Abenteuer weit, weit weg aufbrechen.«

»Rhino ...«, sage ich warnend.

»Ach, komm schon. Du hast vor einer Weile mal erwähnt, dass du ewig nicht auf dem Cradle warst ...«

»Auf dem Cradle Mountain? Rhino, der ist Stunden entfernt! Und wie sollen wir dahin kommen?«

»Ich hab seit gestern den Führerschein.«

»Was? Echt? Du hast mir gar nicht erzählst, dass du Prüfung hast!«

»Sollte eine Überraschung sein.«

»Das ist ja super«, sage ich. »Echt der Hammer! Aber ich fahr trotzdem nicht mit dir zum Cradle. Da wären wir nicht vor Mitternacht wieder hier!«

»Na und? Um die Zeit kommen die Elfen raus.«

Mit den Elfen kriegt er mich. Er hat recht. Es ist lange her, dass ich auf dem Cradle Mountain war, und in meiner Erinnerung ist er magisch.

So wie das Anderswo.

Dort könnte es wirklich Elfen geben.

Aber ...

»Also, ich weiß ja nicht, wie das bei dir ist, aber ich muss abends irgendwann wieder zu Hause sein. Wir haben zwar keine strenge Regel, aber Auntie Kath macht sich Sorgen, wenn sie mit mir rechnet und ich nicht auftauche. Zurzeit ganz besonders. Und ich weiß, dass sie wach bleibt, bis ich komme, selbst wenn sie so tut, als ob sie schläft. Rhino, ich muss jetzt los. Sonst verpasse ich meinen Bus.«

»Du fährst nicht mit dem Bus. Du kommst mit mir. Guck nach links.«

Ich gucke nach links und da sehe ich ihn, wie er an einem abgewrackten Opel Commodore lehnt und aussieht, als hätte er gerade eine Goldmedaille gewonnen.

»Du hast die ganze Zeit da gestanden?«, sage ich. »Das ist creepy. Du stalkst mich. Warte, ich komme rüber.«

Ich drücke die rote Taste auf meinem Handy. In dem Moment sehe ich Roz und Melody aus der Schule kommen. Sie sehen mich auch und gehen schneller.

Ich renne los. Rhino guckt mich verwirrt an. »So sehr freust du dich mich zu sehen?«

»Steig ein«, sage ich schnell.

»Nur wenn du versprichst, dass wir zusammen zum Cradle Mountain fahren.«

»Okay! Okay! Versprochen!«, rufe ich und mache die Beifahrertür auf. »Jetzt steig schon ein und lass den Motor von dieser Schrottkiste an!«

»Hey!« Rhino hebt die Hände. »Du fährst nirgendwo mit Shirley hin, wenn du so was Gemeines zu ihr sagst.«

»Shirley?«

»Manson. Von Garbage. Ikone der Neunziger. Kennst du? *Only Happy When It Rains, Stupid Girl, #1 Crush*?« Er fängt an zu summen.

»Halt die Klappe und fahr«, sage ich, aber ich grinse. Das wollte ich immer schon mal sagen.

»Gut.« Rhino beugt sich vor und dreht den Zündschlüssel herum. Der Motor erwacht stotternd zum Leben. Rhino strahlt mich an. »Mann, hör dir das an. Das sexyste Geräusch der Welt!«

»Rhino, wenn du nicht auf der Stelle losfährst ...«

Ich schaue aus dem Fenster. Roz und Melody sind nur noch wenige Meter entfernt.

»Okay, Tiger«, sagt Rhino. »Halt dich an deinen Streifen fest. Du und ich und Shirley M brechen zu einem Abenteuer auf!«

Ich schaue mich nicht nach ihnen um. Ich will ihre wütenden oder traurigen Gesichter nicht sehen.

Ich will einfach nur fliehen.

Ich will weg sein.

Fünfunddreißigstes Kapitel

Als sie zwölf waren, sind sie zusammen abgehauen.

Sie plünderten ihre Spardosen und kauften zwei Bustickets nach Launceton. Sie stopften sich die Rucksäcke voll mit Kräckern, Chips und Schokoriegeln, genug Vorrat für ein Abenteuer.

Meine Mutter nahm die Hand meines Vaters und flüsterte: »Komm. Ich bringe dich an einen Ort, der ein bisschen wie das Anderswo ist.«

Auntie Kath hatte ihr erzählt, dass die Schlucht des Cataract Gorge wie aus *Herr der Ringe* sei und dass manche Leute glaubten, sie sei eigentlich ein Vulkan, der eines Tages ganz Launceton unter Lava begraben würde. Es gab sogar einen Sessellift, mit dem man in die Wolken fliegen konnte.

Sie verbrachten den ganzen Tag damit zu fliegen, mit Pfauen zu reden, sich in Höhlen zu verstecken und Elfen zu jagen.

Und am Ende riefen sie Grandma T an. Sie wussten, dass sie einen Riesenärger bekommen würden, wenn sie die Eltern meines Vaters anrufen würden.

Auntie Kath kam mit Grandma T um sie abzuholen. Auntie Kath kam nur zu gern mit, wenn es bedeutete, dass sie sich bei Birchalls mit Farben, Pinseln und Leinwand eindecken und bei Wills eine Kate-Bush-Kassette kaufen konnte. Auf dem Heimweg machten sie in Devonport beim Chinesen Rast. Auntie Kath freute sich, dass ihre Schwester abgehauen war, weil es ihr neue Malsachen und Musik bescherte und sie obendrein gebackene Banane mit Eis bekam.

Und weil sie sich freute meine Mutter glücklich zu sehen. Sie freute sich zu sehen, dass mein Vater bis über beide Ohren in ihre Schwester verliebt war. Auntie Kath sagte, das sei ihr an dem Abend klar geworden. Es war um ihn geschehen. An dem Tag in der Schlucht war es passiert.

Und meine Mutter hatte sich ins Weglaufen verliebt.

»Woran denkst du?«, fragt Rhino, als wir tiefer in die Wildnis fahren.

»An meine Eltern«, sage ich, ohne zu überlegen.

Ich gehe davon aus, dass er Bescheid weiß.

Alle in der Stadt wissen es.

»Es gibt da ein Gedicht«, sagt er, ohne den Blick von der Straße zu wenden.

»Ich will keine Gedichte hören«, sage ich schroff.

Er geht nicht darauf ein. »Das haben wir in der Schule durchgenommen. Unser Lehrer fand sich unheimlich cool, weil er das mit uns machte, denn da kommen Schimpfwörter drin vor. Na, jedenfalls handelt es davon, dass unsere Eltern ...«

»Ich glaub, das kenne ich«, unterbreche ich ihn, weil er rot wird und weil ich nicht möchte, dass er es aufsagt. Ich will nicht, dass ein anderer Junge mir Gedichte vorträgt. Ich will nicht, dass ein anderer Junge mich anlügt. »Es handelt davon, was sie uns antun. Wie sie all ihre Fehler und Neurosen auf uns übertragen.«

Rhino nickt. »Wahrscheinlich ohne es zu wollen, aber sie sind auch nur Menschen, die versuchen alles auf die Reihe zu kriegen.«

»Es gibt da einen Song, den Auntie Kath toll findet«, sage ich. »Dabei muss sie immer weinen. Mike and the Mechanics?«

Rhino hebt einen Finger. Er kramt in den Kassetten, die auf der Mittelkonsole herumliegen, und nimmt eine heraus. Es ist eine Mixkassette mit einem handgeschriebenen Zettel in der Plastikhülle. Er schiebt sie in Shirleys verstaubten Kassettenrekorder. In dem Song erzählt ein Sohn, wie leid es ihm tut, dass er den Konflikt mit seinem inzwischen verstorbenen Vater nie gelöst hat. Der Song handelt davon, dass jede Generation immer die vorherige für alle ihre Probleme verantwortlich macht. Jedes Wort ist wie ein Messer ins Herz.

»Ja«, sage ich und meine Stimme klingt hohl. »Den meinte ich.« Ich schaue aus dem Fenster. Zu viele Bäume. Eine Krähe fliegt wie eine Kanonenkugel von einem Zweig auf. Sie saust durch den Sonnenuntergang und fliegt weiter, bis ich sie nicht mehr sehe.

»Tiger?«

Der Song wechselt zu einer poppigen Tanznummer aus den Neunzigern.

»Ah, Culture Beat«, sagt Rhino. »Die wahren Poeten ihrer Zeit.«

Ich wende mich zu ihm, als die Strophe in den Refrain übergeht. »Dann hör auf sie«, sage ich. »*Take me away.*«

Sechsunddreißigstes Kapitel

Ich atme aus. Ich bin ein Drache, der Rauch ausstößt.

Auf dem Berg ist es so kalt, dass ich es nicht mal merken würde, wenn mir die Zehen abfielen. Ich spüre sie schon seit mindestens einer Stunde nicht mehr, obwohl Rhino mir ein zweites Paar Socken gegeben hat. Er hat auch dicke Wollhandschuhe für mich mitgenommen und eine Mütze und einen Schal und einen viel zu großen Parka.

Trotz der vielen Schichten ist mir verdammt kalt.

Aber es fühlt sich gut an.

Wir gehen den Verzauberten Weg entlang.

Wir haben schon den Hintern eines Wombats aus einem Bau lugen sehen, und Rhino ist sich sicher, ein Schnabeltier gesichtet zu haben, aber als ich hingeguckt hab, war es schon wieder weg. »Du hast es verscheucht«, sagte Rhino. »Jeder weiß, dass Schnabeltiere Angst vor Tigern haben.«

Jetzt beobachten wir einen kleinen Ameisenigel, der auf der Suche nach Ameisen im Unterholz schnüffelt.

»Wie kann ein Tier mit Stacheln und dieser albernen langen Nase so niedlich sein?«, frage ich. »Und es legt Eier und frisst Insekten. Das ist so verrückt und trotzdem ...«

»Das ist dann wohl die perfekte verrückte Mischung«, sagt Rhino. »Bei manchen Menschen bilden sämtliche Einzelteile ein vollkommenes Ganzes. Und bei anderen sehen genau die gleichen Einzelteile total seltsam aus.«

»Ach, dann ist der Ameisenigel jetzt also ein Mensch?« Ich hocke mich hin, um das herumlaufende Tierchen besser beobachten zu können.

»Äh, hab ich Mensch gesagt?« Rhino grinst. »Ich meinte natürlich Kloakentier.«

»Logisch.« Ich grinse ihn an.

»Logisch«, wiederholt er.

»Und«, sage ich, während ich der prallen Sonne zuschaue, wie sie zufrieden in den müden Himmel sinkt, »was macht deine Freundin heute Abend?«

Rhino zuckt die Achseln. »Können wir lieber über Ameisenigel reden?«

Ich sehe ihn scharf an. »Ärger im Paradies?«

Er seufzt und guckt weg. »Lass uns einen Deal machen. Du erwähnst die Sache mit meiner Freundin nicht mehr und ich erwähne Wally nicht.«

Mein Ton ist schärfer als beabsichtigt. »Hattest du vor Wally zu erwähnen? Ich dachte, der Sinn der ganzen Aktion ist, dass wir nicht über Wally reden.«

Rhino schüttelt den Kopf. »Das dachtest du? … Ich dachte, wir haben einfach Spaß. Warum muss es immer um Wally gehen?«

»Er ist gerade gestorben«, sage ich schroff. »Also denke ich mal, ja, es sollte hier und da um ihn gehen.«

»Aber ich dachte, du willst nicht …«

»Halt die Klappe.«

»Entschuldige«, murmelt Rhino. »Ich bin nur verwirrt.«

»Glaubst du, ich nicht?« Ich versuche einen etwas milderen Ton anzuschlagen. Aber hinter meiner Stirn dröhnt es und meine Hände sind zu Fäusten geballt. Mein Herz fühlt sich verkehrt in der Brust an. Alles fühlt sich auf einmal verkehrt an. Ich will nicht über Wally reden. Ich will nicht mal an ihn denken. Aber Rhino darf ihn nicht vom Platz schicken.

Ich weiß, dass er es nicht so gemeint hat, trotzdem sträubt sich alles in mir. Er hat Wally nicht gekannt. Er hat ihn nur ein- oder zweimal gesehen, wenn er mich auf der Arbeit besucht hat.

Wally ist mein bester Freund.

Nur ich darf bestimmen, welche Rolle er an diesem Abend spielt. Nur ich darf ihn ausschließen. Oder einladen.

»Entschuldige«, sagt Rhino wieder, leise. »Ich hab's echt nicht so gemeint.«

Ich zucke die Schultern. Ich sage nichts, weil ich mir selbst nicht über den Weg traue.

Über uns schreit ein Opossum.

Schnell legt Rhino den Arm um mich. Er zieht mich fest an sich.

Ich erstarre.

»Alles okay?«, fragt Rhino mit brüchiger Stimme. Er streichelt mein Gesicht.

Er streichelt mein Gesicht.

»Golden«, flüstert er.

Er zitiert kein Gedicht; sagt kein weiteres Wort.

Er sieht aus, als könnte er weinen.

Ich bin von Sternenstaub erfüllt. Ich bin von der ganzen Welt erfüllt.

»Ja, alles gut. Und bei dir?«

»Auch gut. Mörderisch gut.«

Hinter uns sind Schritte im Schotter zu hören. Rhino lässt den Arm von meiner Schulter sinken.

»'n Abend«, sagt ein Wanderer. Die Dame neben ihm lächelt.

»Tag«, sage ich und Rhino sagt: »Schöner Abend zum Wandern.«

»Ein wunderschöner Abend«, sagt sie im Vorübergehen. »An so einem Abend kann man an Liebe und Magie glauben.«

Wir schauen ihnen nach, wie sie in der Dunkelheit verschwinden.

Rhino fängt an zu summen, leise erst, dann lauter.

»Tut mir leid, du Verrückter«, sage ich und kichere, als er eine tanzende Boygroup imitiert, was ziemlich merkwürdig aussieht. »Keine Ahnung, was das sein soll.« Er bricht ab, schüttelt den Kopf und sieht mich enttäuscht an. »*Could It Be Magic?* Take That.«

»Schnulzig.«

»Ach, Tiger. Du brichst mir das Herz!« Ergriffen legt er sich eine Hand aufs Herz. »Take That war die bahnbrechende Boygroup der Neunziger. Wenn wir zurück sind, spiele ich dir alle ihre alten Sachen vor – und auch die neuen.«

»Die gibt's noch?« Ich bin überrascht. Die meisten Bands, die Rhino gut findet, sind um die Jahrtausendwende von der Bildfläche verschwunden.

Rhino nickt. »Besser denn je. Wie kann es sein, dass du das nicht weißt? Das kannst du nur wiedergutmachen, indem du mir jetzt sagst, dass du wirklich an Magie glaubst. Sag's mir, Tiger, sag's mir. Ich will wissen, ob du an Einhörner glaubst.«

»Natürlich«, antworte ich. »Sie leben im Anderswo.«

Rhino lacht. »Zusammen mit den Feen.«

»Elfen«, verbessere ich ihn. »Apropos Elfen, die haben sich heute Abend gar nicht gezeigt. Wir müssen es ein andermal versuchen. Jetzt fahren wir mal lieber nach Hause. Auntie Kath macht sich bestimmt schon Sorgen. Garantiert hört sie seltsame Popmusik, malt düstere Bilder und guckt immer wieder zur Haustür – und nur zwei von den drei Sachen sind akzeptabel. Ich hasse es, wenn sie sich Sorgen macht.«

»Wie lange wohnst du schon bei deiner Tante?«, fragt Rhino auf dem Weg zum Auto. Erst da fällt es mir ein: Rhino ist erst mit vierzehn hergezogen. Davor hat er in Hobart gelebt.

Es wissen doch nicht alle in der Stadt Bescheid.

»Schon immer«, sage ich mit schwacher Stimme. Ich musste schon ewig nicht mehr darüber sprechen. Ich habe vergessen, wie das geht. »Eine Zeit lang war mein Vater noch da. Dann waren wir nur noch zu zweit.«

»Was ist mit deiner Mutter?«

»Weg. Können wir das auf die Liste der Themen setzen, über die wir nicht reden?« Meine Stimme bebt und meine Brust ist wie zugeschnürt.

Jetzt sind wir auf dem Parkplatz angelangt. Rhino öffnet mir die Beifahrertür und ich setze mich in Shirley.

»So wie Wally? Und die Therapiestunden in der Schule?«

Ich gucke ihn scharf an. »Ganz genau.«

Warum hat unser Gespräch so eine Wendung genommen?

Jetzt fühlt sich alles bedrückend an.

»Ich wüsste gar nicht, worüber ich im Therapiegespräch reden sollte.« Ich versuche es locker zu sagen. »Keine Ahnung, was da in meinem Kopf ist und rauswill. Wer weiß, vielleicht ein toter Papagei.«

Rhino lacht. »Wenn du nicht nachguckst, kannst du auch nicht wissen, ob der Papagei tot ist.«

»Es ist eine Katze«, kontere ich. »Es ist Schrödingers Katze, die vielleicht tot ist. Nicht sein Papagei.«

»Ich schätze, da gelten dieselben Regeln«, sagt Rhino. »Also solltest du vielleicht nachsehen. Ich meine, reden, um das mit dem Papagei zu klären.«

»Lass es bitte.« Ich seufze. Rhino dreht den Schlüssel herum und Shirley zittert. Hoffentlich schafft sie es, uns zurückzubringen.

»Ich könnte dich begleiten«, sagt er, ohne den Blick von der Straße zu wenden. »Ich könnte mit dir zu der Sitzung gehen und draußen warten?«

Als ich nicht antworte, sagt er leise: »Das wird schon.«

»Vielleicht. Aber jetzt noch nicht.«

Als wir wieder auf der Landstraße sind, versuche ich den Abend wieder hinzubiegen. »Klopf, klopf!«

Er lacht. »Willst du jetzt mit einem Klopf-klopf-Witz von den ernsten Themen ablenken? Das könnte von mir sein.«

»So antwortet man aber nicht auf einen Klopf-klopf-Witz«, sage ich streng.

»Entschuldige, Tiger. Das hätte ich wissen müssen. Okay, noch mal von vorn.«

»Klopf, klopf!«

»Wer ist da?«

»Rhino.«

»Rhino wer?«

»Rhi-noch-mal-fragst-du-aber-nicht! Fahr schon los!«

»Der war richtig schlecht, Tiger.«

»Ich hab's auch schwerer, oder? Es gibt massenweise Witze über Tiger und keine über Rhinozerosse.«

»Wir sind eine seltene Spezies.«

»Aber echt.« Ich schaue Rhino von der Seite an, während er konzentriert auf die Landstraße starrt – ein Siebzehnjähriger, der fährt wie ein älterer Herr. Ich hab ihn nie zuvor irgendwas so sorgfältig machen sehen. Rhino ist Wildheit, Chaos, Spaß. »Hey, Rhino?«

»Tiger.«

»Danke. Für den Abend. Und den Strand. Und den Park. Den Spaß. Das war ... gut.«

»Abenteuer sind gut«, sagt Rhino, den Blick immer noch stur nach vorn gerichtet. »Und es freut mich, dass wir sie zusammen erleben. Du bist cool, Tiger Geeves.«

»Und ob. Aber weißt du, du brauchst nicht meinen Retter zu spielen. Ich krieg das schon alleine hin.«

»Ich weiß.« Er zuckt die Schultern. »Ich hab nie behauptet, dass du es nicht hinkriegst. Wir erleben nur Abenteuer, das ist alles.«

Als wir wieder in der Zivilisation ankommen, holen wir uns in einem Drive-in Burger, Pommes und Eis. Rhino schockt mich, indem er seine Pommes in Schokoladensoße tunkt. Wir quatschen über die Arbeit und singen kichernd zu Aqua und Eiffel 65 mit.

Als wir vor meinem Haus halten, tritt kurz eine unbehagliche Stille ein. Wir wissen beide nicht, was wir sagen sollen.

Rhino spricht als Erster. »Du kommst klar?«

»Alles supi.« Ich ringe mir ein Lächeln ab.

Rhino tippt mir leicht auf die Schulter. »Sitz nicht nur so da …« Ich ziehe eine Augenbraue hoch. Ich weiß schon, was jetzt kommt. *Don't just sit there*. Rhino grinst mich frech an und stimmt schon wieder einen Neunzigerjahre-Tanzhit an. Der hier ist vielleicht noch schlimmer als alle anderen. Ich stöhne und mache die Wagentür auf.

»Nacht, Rhino.« Er singt noch, als ich die Tür zuschlage. Aus dem Haus ertönt blecherne Musik. Im Näherkommen erkenne ich hallende Synthesizer. Enya? Du meine Güte. Sie muss echt besorgt sein.

Als ich die Haustür öffne, schaltet sie die Musik aus. Ich höre, wie sie in ihr Schlafzimmer schleichen will.

»Auntie Kath?«

Ihre Schritte verharren.

»Ich wollte … mir nur ein Glas Wasser holen«, sagt sie schuldbewusst.

Das lasse ich mal so stehen. Sie hustet ein bisschen.

»Ich hab dich lieb, Auntie K«, sage ich.

Ihre Stimme wird sanft. »Ich hab dich auch lieb, Tigerchen.«

Ich gehe hoch in mein Zimmer und hole meine Schachtel hervor, um ein Eukalyptusblatt für sie hineinzulegen.

Ich sitze eine Weile da und starre auf die Schachtel. Ich versuche nicht zu denken; versuche ein Schatten zu sein.

»Scheiß drauf«, flüstere ich.

Ich gehe raus in den Flur und sehe einen Lichtstreifen unter Auntie Kaths Tür. Ich klopfe. »Bist du noch wach?«

»Yep«, ruft sie. »Ich lese nur einen total bescheuerten Roman. Willst du reden?«

Ich überlege. »Nein«, sage ich schließlich. »Aber ein bisschen Kuchen wär gut. Willst du auch welchen?«

Auntie Kath macht die Tür auf. Sie trägt einen windjackenmäßigen Schlafanzug mit altmodischen Pferdchen aus *My Little Pony*. »Ich könnte mir nichts Besseres vorstellen«, sagt sie.

Liebe Mum,
Mein Freund Rhino sagt,
unsere Eltern bringen unser Leben durcheinander,
Aber nicht nur die Eltern, oder?
Wir kommen makellos auf die Welt,
Dann macht das Leben uns
Langsam zu etwas anderem.
Leer
Oder kaputt
Oder traurig
Oder es sorgt dafür,
Dass wir uns wünschen,
Wir wären nie geboren.
Ich möchte die Zeit zurückdrehen.
Aber diesmal sollst du mich
Näher, fester, länger halten.
Vielleicht hätte ich dann
Makellos bleiben können.
Vielleicht wäre dann alles gut gewesen.

Siebenunddreißigstes Kapitel

Melody steht mit einer blauen Schürze hinter der Mensatheke.

Melody arbeitet gar nicht in der Mensa.

Hier läuft irgendwas total verkehrt.

»Was machst du denn hier?« Ich reiße meine Schürze vom Haken.

»Freiwillig helfen«, sagt sie und zieht eine Augenbraue hoch. »Das ist gut für die Psyche. Sag mal, kommt in die Milchshakes eine Kugel Eis oder zwei?«

»Eine und dann zwei Spritzer ...« Ich schüttele den Kopf. Das ist ein Ablenkungsmanöver. »Melody, im Ernst, was machst du hier?«

Sie zuckt die Schultern. »Ich dachte mir, wenn wir zusammen hinter einer Theke festsitzen ...«

Ich seufze. Ich wusste es. Das ist eine neue Masche, um mich zum Reden zu bringen.

Zum Glück bin ich im Vorteil. Sobald die Schicht anfängt, werden wir so sehr damit beschäftigt sein Toast, belegte Brötchen und Kakao zu machen, dass wir gar nicht zum Reden kommen. Ich schaue auf die Uhr. Noch drei Minuten, bis die Tür zur Mensa aufgeht.

Was Melody kann, kann ich schon lange.

»Okay. Dann zeig ich dir jetzt mal, wie man die Salat-Sandwiches macht.« Ich gehe rüber zur Arbeitsplatte. »Das ist nicht so leicht, wie es aussieht. Und du kennst die Preise ja nicht, oder? Hmm, okay, also, die Tüten mit gemischten Nüssen kosten fünfzig Cent, Pommes mit Soße kosten …«

»Resey, ich bin extra früher gekommen, um mir alles zeigen zu lassen. Mrs Butcher hat mich schon eingewiesen. Ja, ich hab dich nach den Milchshakes gefragt, aber du musst jetzt nicht …«

»Aber es gibt so viele Sachen, die Mrs Butcher immer vergisst zu erwähnen«, falle ich ihr ins Wort. »Zum Beispiel wie man die Küchenzange sauber macht und welches Programm man bei der Spülmaschine einstellt und wie viele Stücke Rote Bete …«

»Resey!«

Ich sehe demonstrativ auf die Uhr. »Oje, so spät schon. Mrs Butcher, kann ich die Tür aufmachen?«

Mrs Butcher schaut auf die Armbanduhr. »Okay, ihr zwei. Melody, meinst du, du hast alles im Griff?«

Mrs Butcher nimmt ihren Job als Mensa-Chefin sehr ernst.

Und das mit der Roten Bete vergisst sie in Wirklichkeit natürlich nicht.

»Hundertprozentig, Mrs Butcher.« Melodys Stimme zittert. Ich gucke zu ihr rüber und sehe erschrocken, dass ihre Augen rot sind.

Melody weint nie.

»Mel?«, sage ich und strecke eine Hand nach ihr aus.

Sie schüttelt den Kopf. »Mach einfach die Tür auf, Resey.«

»Hm, na gut.«

Ich schließe auf. Peter ist der Erste in der Schlange, umringt von ein paar anderen Football-Jungs – Brad Petterwood (Petta), Tim Faulls (Faullsy) und Jarryd Groenewegen (Groesey). Sie drängeln und stoßen sich mit Hüften und Schultern an und garantiert standen sie nicht von Anfang an ganz vorn in der Schlange. Einige Siebtklässler hinter ihnen gucken bedröppelt.

»Resey!«, sagt Peter erfreut. »Geile Schürze.«

Unwillkürlich muss ich lächeln. Ich hab ihn vermisst.

»Wie geht's, Peter?«, frage ich und lasse ihn und die Footballspieler rein. Ich lasse noch fünf weitere herein (darunter die armen Siebtklässler), dann hake ich das Absperrseil wieder ein.

»Lass stecken, Peter«, sagt Brad spöttisch und stößt Peter im Vorbeigehen in die Rippen. Er zwinkert mir zu. »Rese. Bis später bei der Probe, okay?«

Ich nicke. Brad merkt es kaum. Er hat sich schon Melody zugewandt, obwohl er weiß, dass der Versuch bei ihr zu landen ungefähr so aussichtsreich ist wie ein Tor aus hundert Metern Entfernung zu schießen.

Peter hat rote Ohren. »Die Jungs nennen mich Johnno«, flüstert er.

»Ach, echt?«, frage ich erstaunt.

Als die Football-Typen außer Hörweite sind, flüstere ich: »Hängst du gern mit denen ab? Melody sagt, du kommst gar nicht mehr an unseren Mittagstisch.«

»Du auch nicht«, kontert Peter.

Ich nicke. »Ist schon gut. Es ist gut, dass wir beide nicht mehr kommen.«

»Danke für deine Erlaubnis«, blafft Peter. »Ich bin glücklich. Ganz wie Wally es wollte. Und er hatte unrecht, als er meinte: ›Sei einfach du selbst, dann werden die Football-Jungs dich mögen.‹ Melody hatte auch unrecht. Vielleicht habe ich vorher nicht dazugehört. Aber jetzt gehöre ich dazu. Und sie mögen mich so, wie ich jetzt bin. Manchmal nennen sie mich sogar Casanova.« Er wackelt ein bisschen mit dem Kopf und zwinkert mir zu. Mir wird ganz anders. »Und jetzt hole ich mir einen Baozi«, sagt er. »Ist das erlaubt oder brauche ich dafür auch dein Okay?«

»Peter …«, setze ich an, doch er schüttelt den Kopf und kehrt mir den Rücken zu.

»Johnno«, verbessert er mich. »Nenn mich Johnno.«

»Hm, okay«, krächze ich. Ich habe ein hohles Gefühl in der Brust.

Er kneift die Augen zusammen und sagt mit gesenkter Stimme: »Und weißt du was? Es ist mir im Grunde scheißegal, was Wally wollte. Er ist sowieso tot, also was soll's? Hat sich an einem Scheißbaum aufgehängt, also wen juckt's überhaupt? Ich weiß, dass du irgendein Geheimnis mit ihm hast und deshalb ›besonders‹ bist, aber wen juckt's, ob du für einen Toten was Besonderes bist? Was zählt, ist das Hier und Jetzt. Und hier und jetzt bin ich glücklich. Es macht Spaß mit den Jungs abzuhängen, ja. Ich gehöre dazu. Ich schaue nach vorn, Resey. Das solltest du auch tun.«

Mit brennenden Augen sehe ich zu, wie er zur Theke geht. Er schenkt Melody kaum einen Blick, als er sein Essen bestellt, und ich sehe ihr an, dass es sie verletzt.

Es ist meine Schuld, das weiß ich. Ich hab unsere Gemeinschaft zerbrochen; Wally ist schuld an den Rissen, doch ich habe alles zerstört. Aber im Hinterkopf hatte ich immer die Vorstellung, dass wir wieder zusammenfinden, wenn … wenn ich soweit bin.

Aber was ist, wenn wir dann schon zu weit verstreut sind? Wenn ich eines Tages soweit bin und die anderen sind es dann gerade nicht?

Melody reicht Peter seinen Baozi und lächelt.

Sie ist immer so tapfer. Sie fehlt mir. Das möchte ich ihr auf der Stelle sagen.

Aber ich kann nicht von der Tür weg. Ich muss die Stellung halten und immer zehn Leute reinlassen. Und Melody muss die Baozi und Pasteten einpacken und Eis in die Milchshakes füllen.

Es geht ihr nicht so leicht von der Hand wie mir. Es erfüllt sie nicht so mit Stolz wie mich.

Sie quatscht zu viel mit den Leuten, die sie bedient. Sie sagt zu einem Siebtklässler, wenn er irgendwann mal über seinen Schwarm reden will, ist sie für ihn da.

Sie packt zu viele Tomatenscheiben auf die Brötchen und zu wenig Käse. Sie klatscht viel zu viel Soße auf die Pasteten. Sie flirtet mit den Mädchen und zankt mit den Jungs. Alles in allem ist sie die schlechteste Mensahilfe der Welt. Aber genau dafür hab ich sie lieb.

Melody kümmert sich nur um die wichtigen Dinge. Um Feminismus und LGBT und Menschenrechte. Sie kümmert sich um Psychologie. Und um ihre Freunde.

Das Verhältnis von Pastete und Soße geht ihr am Arsch vorbei.

Wir tauschen die Plätze, jetzt frittiere ich Pommes und verteile Eis am Stiel.

Und ehe wir's uns versehen, läutet es zum Ende der Mittagspause. Ich muss noch die letzten Nachzügler bedienen und Melody nimmt die Schürze ab und geht zur Tür hinaus, ohne sich noch mal umzudrehen.

Und ich habe das Gefühl, dass gerade alles um mich herum zusammenbricht. Früher war alles stabil und sicher. Ein vollkommenes, unzerstörbares kleines Universum. Wir lebten über den Wolken und es ging uns gut, weil wir so stark und so hoch oben waren.

Nur wir.

Warum musste Wally bloß fallen?

Warum musste er uns alle mit runterreißen?

Warum hören diese Scheiß-Gefühle nicht auf?

Warum kann ich nicht richtig trauern, zur Therapie gehen und mich bei meinen Freundinnen anlehnen und weinen?

Ich schaue auf die Pastete vor mir auf der Theke. Genau die richtige Menge Soße. Ich bin eine verdammt gute Mensahilfe.

Aber die wichtigen Sachen?

Davon hab ich keine Ahnung.

Achtunddreißigstes Kapitel

Es ist die letzte Musicalprobe vor der Premiere.

Jarrod und Mandy haben Streit, denn Mandy hat beschlossen, dass es zwischen Jarrod und ihr »aus und vorbei« ist, wenn er so weitermacht und diese »bescheuerte Knutsch-Show abzieht«.

Jarrod ist völlig durcheinander. Mandy weigert sich die Probe zu verlassen, ehe er sich entschieden hat. Brad brüllt ihn an: »Mach Schluss mit ihr, Jazza.«

Brads neue Quasi-Freundin, Kelsey aus dem Chor, boxt ihm gegen den Arm und sagt, er solle nicht so unsensibel sein.

Die anderen Football-Jungs – darunter auch »Johnno« – stehen draußen, schneiden Brad durchs Fenster Grimassen und warten darauf, dass das Training auf dem Platz losgeht.

Mr Lohrey versucht das Ganze noch irgendwie im Griff zu behalten.

Während ich darauf warte, dass alles vorbei ist, erledige ich meine Mathe-Hausaufgaben. Wegen meiner Abenteuer mit Rhino liege ich ein bisschen zurück.

Aber ich versuche auch Anteil zu nehmen.

Ich muss immer wieder an die Pastete in der Mensa und an die perfekte Menge Soße denken.

Das ist nicht wichtig.

Und Mathe ist auch nicht wichtig.

Und das Musical ist nicht wichtig.

Letzte Nacht bin ich im Traum über ein weites, offenes Feld

gerannt, und als ich keuchend und völlig fertig auf der anderen Seite ankam, war da ein Baum, an dem ein Seil baumelte. An dem Seil hing Wallys Trikot, das ganz blutig war.

Und unter dem Seil lag ein Zettel auf dem Boden. Aber es war nicht der Brief, den Wally hinterlassen hat. Es war ein anderer Brief. Ein Gedicht.

Hätte ich nur noch einen Moment gehabt
Und in dem Moment wärst du gekommen
Und hättest mir gesagt, was ich dir bin,
Wäre ich nie gefallen.

Zusammengekauert und zitternd bin ich aufgewacht. Und ich hab überlegt; überlegt, ob er es überhaupt gewusst hat.

Ob er je gewusst hat, wie viel er uns allen bedeutete. Wie viel wir alle einander bedeuteten. Wir alle, nur wir – an manchen Tagen hell, an anderen dunkel, aber immer da.

Ich denke an Wally und sein Notizbuch. Ich frage mich, was er da reingeschrieben hat. Hat er Gedichte geschrieben, so wie ich?

Ich frage mich, ob er über den Hühnerstall geschrieben hat und darüber, wie meine Lippen sich auf seinen anfühlten.

Ich frage mich, wann wir uns wieder küssen.

»Alles in Ordnung bei dir, Resey?«

»Hmm?« Ich blicke auf. Mr Lohrey steht vor mir, seine braunen Wuschelhaare sehen noch wirrer aus als sonst. An Mr Lohreys Haaren lässt sich immer seine Stimmung ablesen. Heute sind sie genauso durcheinander wie er.

»Alles okay?«, Mr Lohrey reibt sich die Stirn. »Ich meine, weil du ...

Er zeigt auf mein Matheheft. Die Schrift ist verschmiert, die Seiten sind nass. Schnell fasse ich mir ins Gesicht.

Ich weine.

»Nimm dir das nicht so zu Herzen«, sagt Mr Lohrey sanft. »Jarrod hat sich entschieden weiterzuspielen und die Aufführung wird ein Knaller. Du machst das so gut. Wir ... bewundern dich alle. Wir sind stolz auf dich. Und wir sind alle für dich da. Das weißt du hoffentlich. Du bist nicht allein.«

Als ich nicht antworte, räuspert sich Mr Lohrey. »Deine Audrey wird großartig ankommen. Wenn ich jetzt noch Brad dazu kriege, sich mehr auf seinen Text zu konzentrieren als darauf, die arme Mandy abzuschlecken, wird es die beste Aufführung an dieser Schule seit *Gumshoe* 1997.«

Mr Lohrey legt mir sanft eine Hand auf die Schulter, sein Blick wird wieder weich. »Resey ... weißt du was, streich das, was ich gerade gesagt habe, von wegen, dass wir stolz auf dich sind. Ich meine, das sind wir natürlich. Wahnsinnig stolz. Aber du sollst deshalb nicht denken ... du müsstest das durchziehen. Wenn du heute einen Rückzieher machen möchtest, ist das nicht schlimm. Hauptsache es geht dir gut. Wenn du entscheidest, dass du nicht weitermachen kannst, sind wir für dich da und sind immer noch stolz auf dich. Falls es ... dir nicht gut geht.«

Während er so sanft und freundlich zu mir spricht, ist ihm sein Unbehagen anzusehen. Mein Herz zieht sich zusammen. Ich will nicht, dass er sich Sorgen um mich macht. Niemand soll sich Sorgen um mich machen.

»Mir geht es gut«, sage ich und wische mir hastig die Tränen weg. »Wirklich. Aber ...« Ich schaue mich im Raum um, sehe die anderen an. Überlege immer noch.

Und auf einmal ist mir der Raum zu klein.

»Können Sie auf mich verzichten?«, bricht es aus mir heraus. »Ich meine, wäre es okay, wenn ich ... nicht hier wäre?«

»Na ja ...« Mr Lohrey zögert und sieht mich stirnrunzelnd an.

»Ja, klar. Wenn du aus der Aufführung rauswillst … Das habe ich gesagt und auch so gemeint, aber …«

Das genügt mir.

»Ich will nicht aus der Aufführung raus.« Das stimmt. Obwohl mir alles sinnlos vorkommt, kann ich vor der Aufführung nicht davonlaufen. Denn sie hat mir einmal etwas bedeutet und ich hoffe, dass sie mir wieder etwas bedeuten wird, denn wenn ich die Hoffnung verliere … wenn ich mich auf nichts mehr freuen kann, dann …

»Morgen komme ich wieder, versprochen«, sage ich hastig und packe meine Bücher zusammen. »Und die Aufführung wird super. Aber jetzt muss ich einfach … gehen.«

Als ich hinausrenne und die vielen Blicke auf mir spüre wie kleine Bienenstiche, hole ich mein Handy heraus und scrolle durch die Kontakte, bis ich den richtigen gefunden habe; den Menschen, der mir bei dieser wichtigen Sache helfen muss.

»Rhino?«, sage ich, als er drangeht. »Ich hoffe, du hast Zeit, ich will dich nämlich auf ein Abenteuer mitnehmen.«

Neununddreißigstes Kapitel

In dem Jahr, bevor ich geboren wurde, waren sie in Marrakesch, in demselben Aschram, in dem Grandma T gelebt und geforscht hatte.

Mein Vater wollte eigentlich nicht dorthin. Er war gerade mit seinem BWL-Studium fertig und hatte mehrere Stellenangebote bei einigen Wirtschaftsprüfungsgesellschaften und zwei Banken in der Stadt.

»Die Jobs können warten«, sagte sie. »Langweilige Erwachsenenpflichten können warten. Das Leben wartet nicht. Das müssen wir uns jetzt schnappen.«

Sie bat Auntie Kath mitzukommen, doch die war im letzten Jahr ihres Aufbaustudiums an der Kunsthochschule und konnte nicht weg.

»Jetzt bereue ich es, dass ich das Abenteuer mit ihnen verpasst habe.« Während sie das sagt, schaut sie gedankenverloren zum Fenster hinaus.

Sie wohnten in einem Retreat in den Hügeln nahe dem Hohen Atlas. Sie machten Yoga und kochten Bio-Essen. Sie meditierten am Fluss und sangen jeden Morgen bei Tagesanbruch Mantras.

Sie machten Tagesausflüge in die Souks, sahen Schlangenbeschwörer und Gewürzstände mit ihren welligen Hügeln aus Rot, Gelb und Grün. Meine Mutter aß zum ersten Mal Safran und sagte, sie wolle ihn zu Hause anbauen.

Sie sahen Stachelschweine, Geparden, Löwen und Mungos.

Meine Mutter fragte sich laut, ob sie wohl einen Tiger, ihr Lieblingstier, zu Gesicht bekommen würden, und erfuhr, dass es in Marokko keine Tiger gab. Dafür müsste sie nach Indien reisen.

»Nächstes Jahr«, verkündete sie, »gehen wir nach Indien und sehen einen Tiger.«

Als die Sonne unterging, tranken sie duftenden Tee und lernten die arabischen Namen der Sternbilder. Mein Vater hielt ihre Hand und küsste ihren Hals unter einem Himmel, der so viel weiter schien als der Himmel über unserer kleinen Stadt.

Und sie sprachen darüber wegzugehen, abzuhauen. Mein Vater war nicht überzeugt, aber ihr erschien ein Leben voller Abenteuer wahnsinnig verlockend. Sie war dafür geschaffen. Für ein Leben mit Nächten wie dieser, unter einem fremden Himmel, den Kopf auf der Schulter des Mannes, den sie liebte.

»Und dann kehrte sie mit dir im Bauch nach Hause zurück.«

Sie hatte nicht vorgehabt schwanger zu werden. An Kinder hatte sie überhaupt nicht gedacht. Ihr Leben war grenzenlos und genau so musste es für sie sein. Doch auf jenen Hügeln, an jenem Fluss, unter dem magischen Himmel auf der anderen Seite der Welt verlor sie sich.

Sie stellte es einen Monat nach ihrer Rückkehr fest.

Alle sagten, dass Marrakesch dann wohl ihr letztes Abenteuer gewesen sei.

Alle außer Auntie Kath, die sagte, ich würde ihr größtes Abenteuer überhaupt werden.

Ihr Wunderland.

Meine Mutter weinte eine Woche lang.

»Aber sie muss mich gewollt haben«, sage ich zu Auntie Kath. »Irgendwann muss sie mich gewollt haben. Sonst hätte sie doch …« Der Gedanke ist spitz und schmerzhaft in meinem Kopf. »Sonst hätte sie mich zur Adoption freigegeben. Oder ... hätte mich wegmachen lassen.«

Bei den Worten dreht sich mir der Magen um.

»Immer in die falsche Richtung unterwegs«, wie Grandma T sagte.

Damals hätte meine Mutter weglaufen können. Sie hätte die Entscheidung treffen können, nach der es mich nie gegeben hätte.

Eine Entscheidung, nach der ich Wally nie getroffen hätte. Oder vielleicht wäre ich dann jetzt dort, wo er ist – im Nichts.

»Irgendwann muss sie doch gedacht haben, dass sie ein Baby wollte?«, sage ich zu Auntie Kath.

Auntie Kath nickt mit glänzenden Augen. »Ja, natürlich, Tiger. Sie wollte, dass du lebst, vor allem nachdem es mehrmals so aussah, als würdest du es nicht schaffen. Sie wollte, dass du durchhältst. Dass du auf der Welt bist. Sie entschloss sich dich zu bekommen, und solange du in ihrem Bauch warst, dachte sie, sie würde das hinkriegen. Sie hat dich wirklich geliebt, Tiger. Mehr als den Himmel.«

Eine Träne rollt über das schöne Gesicht meiner Tante und auch auf meiner Wange spüre ich eine. Ich umarme sie und wie immer bin ich so dankbar, dass ich sie habe. Dankbar für ihre Art von Liebe. Eine Liebe, die nicht nur größer als der Himmel ist, sondern außerdem zuverlässig. Eine Liebe, die sich nach Zuhause anfühlt.

Es klingelt an der Tür. Rhino.

»Ich komme bald wieder«, sage ich zu Auntie Kath.

»Pass auf dich auf«, sagt sie. »Lauf nicht zu weit weg. Komm immer wieder zu mir zurück.«

Ich umarme sie noch eine Weile. Sie löst sich und schaut mir in die Augen. Ihre Augen glänzen. »Nur weil deine Mutter weggegangen ist, darfst du nicht denken, du würdest nicht geliebt. Oder du wärst nicht besonders. Oder nicht großartig. Für mich bist du all das. Du bist mein Herz, Tiger. Mein größtes Abenteuer. Bitte versprich mir, dass du mich nicht verlässt.«

»Ich verspreche es«, flüstere ich und meine Stimme bebt, versagt. »Ich laufe nie zu weit von dir weg. Du bist mein Zuhause.«

Vierzigstes Kapitel

Wir kaufen zwei Tickets für den Überlandbus.

Rhino hat angeboten, »wohin auch immer« mit dem Auto zu fahren, aber das mit dem Bus ist mir wichtig. Es ist Teil der Geschichte.

In dem Bus sitzen lauter alte Leute, Touristen und die Internatsschüler unserer Schule. Und andere Verlorene wie wir.

Wir suchen uns einen Platz irgendwo in der Mitte und verstauen unser Gepäck in der Ablage über den Sitzen.

Schließlich fragt Rhino: »Wohin fahren wir?«

»Nach Launceston.«

»Launceston«, wiederholt er. »Das ist ziemlich weit weg, Tiger.«

»Es hätte auch Marrakesch werden können. Da ist Launceston näher.«

Er guckt auf die Uhr. »Wir sind da, wenn die Elfen rauskommen. Cool.« Er grinst. »Ich würde überallhin mit dir abhauen!«

»Du weißt schon, dass wir heute Abend nicht mehr zurückkommen«, sage ich. »Der nächste Bus geht erst morgen früh um sechs. Den nehme ich. Dann bin ich rechtzeitig in der Schule. Aber du kannst jetzt noch einen Rückzieher machen. Nach Hause gehen und eine Serie gucken oder so. Zu deiner Freundin gehen und …«

»Nein«, sagt Rhino entschieden. »Ich begleite dich auf dieses Abenteuer, Tiger. Ich frage mich nur, wo wir übernachten.«

Ich mache eine ausholende Geste, während der Bus in die Mount Street einbiegt. »Unter den Sternen …«

»Tiger, wir haben August. In Tasmanien. Ich bin ja für jedes Abenteuer zu haben, aber für Erfrierungen nicht unbedingt. Und du kannst morgen auch nicht im Schulmusical singen und tanzen, wenn sie dir die erfrorenen Beine abhacken müssen.«

»Da hast du allerdings recht.« Ich zucke die Achseln. »Dann suchen wir uns eben ein Hotel. Ich hab ziemlich viel Geld gespart. Kein Ding.«

»Hm ...« Rhinos Stimme klingt heiser. »Ein Hotelzimmer?«

Ich stoße ihm mit dem Ellbogen in die Rippen. »Getrennte Betten, Rhino. Keine Panik. Von mir aus auch getrennte Zimmer, falls dir das lieber ist oder falls deine Freundin damit ein Problem hat.« Etwas ernster frage ich: »Damit kommt sie doch klar, oder? Dass du mit mir über Nacht nach Launceston fährst?«

Rhino nickt. »Kein Problem. Und ... getrennte Betten sind schon okay, wenn ... ich meine ...« Er fährt sich mit der Hand durch die langen dunklen Haare. »Alles ist okay. Du bestimmst über die Kohle, Bayside Tiger. Du hast das Sagen.«

»Bayside Tiger? Ist das wieder irgendwas aus den Neunzigern?«

Rhino stöhnt übertrieben. »Willst du mir das Herz brechen und mir erzählen, dass du nie *California High School* gesehen hast?«

»Ich fürchte ...«

»Du bist ein hoffnungsloser Fall, Tiger Geeves.«

Eine Weile fahren wir schweigend weiter, bis der Bus in Penguin am Strand hält.

Der Himmel färbt sich bereits rosa. Bis wir in der Schlucht ankommen, wird er hexenkatzenschwarz sein. Aber das macht mir nichts aus. Irgendwie kommt es mir noch verwegener vor, die Sache nachts durchzuziehen.

Rhino räuspert sich neben mir. »Und, Tiger, wie ist es so?«

»Gut. Mörderisch gut«, sage ich schnell und lächele ihn an.

Seine Raupenbrauen ziehen sich zusammen. »Echt?«

»Wirklich und wahrhaftig. Warum so ernst, Rhino?«

»Ich erfülle hier nur meine Bürgerpflicht. Ich will mich vergewissern, ob du nicht total ... Tiger, ich finde schon, dass ich das mal fragen sollte. Ich mach mir eben Sorgen um dich.« Sein Kiefer wird hart und er sagt mit zusammengebissenen Zähnen: »Geht. Es. Dir. Gut?«

Die Härchen auf meinen Armen stellen sich auf. »Super«, blaffe ich. »Ich meine, mein bester Freund – und nebenbei der einzige Junge, den ich je geliebt hab – ist gerade gestorben. Und es war meine Schuld. Er hat nämlich versucht, es mir zu erzählen, und ich hab nicht zugehört. Also klar, mir geht's spitzenmäßig. Was willst du hören?«

Rhinos Miene wird ausdruckslos. »Hat er dich auch geliebt?«

»Es hat sich so angefühlt, als er mich geküsst hat.«

Rhino wendet sich ab.

Schweigen von Ulverstone bis Devonport.

Als wir am Busbahnhof von Devonport ankommen, halte ich es nicht länger aus. »Rhino, du kannst jetzt aussteigen. Ich bin mir ziemlich sicher, dass der Bus da drüben zurück nach Hause fährt. Ich zahl dir die Fahrkarte. Du musst nicht mitkommen.«

Rhino schaut immer noch aus dem Fenster zu den Reisenden, die aus dem Warteraum zum Bus strömen.

Schließlich dreht er sich zu mir um. »Warum kriegt der Tiger beim Kartenspiel immer zu wenig Punkte?«

Ich kichere erleichtert. »Keine Ahnung, Rhino. Warum kriegt er zu wenig Punkte?«

»Weil er gegen einen Leoparden spielt.«

Jetzt weiß ich, dass alles okay ist. Rhino bleibt. Das Abenteuer geht weiter.

Einundvierzigstes Kapitel

Die Schlucht bei Nacht ist ebenso beängstigend wie schön. Alles schimmert, als wäre es aus Feenstaub. Die Schatten sehen aus wie Monster.

Es ist das Anderswo.

»Hier könnte ich einen genialen Horrorfilm drehen«, sagt Rhino und läuft rückwärts vor mir her. »Vielleicht mit Vampiren oder ... oder mutierten Kaninchenkängurus!«

»Oder einem richtig finsteren Serienmörder, der im Schatten lauert ...«

Er bleibt auf der Stelle stehen. »Okay, Tiger, das ist echt viel gruseliger als Vampire oder böse Beuteltiere. Danke dafür. Jetzt hab ich wirklich Schiss.«

»Ich kann deine Hand halten, wenn du möchtest«, sage ich. »So rein platonisch, wie man es bei einem Kumpel macht, damit er nicht abgeschlachtet wird.«

»Musstest du das Wort *abgeschlachtet* benutzen?«, fragt Rhino.

Ich reiche ihm meine Hand und er nimmt sie.

Ein Zweig knackt, Rhino zieht den Kopf ein. »Du Angsthase«, necke ich ihn.

»Wie gut, dass du meine Hand hältst«, sagt er. Seine Stimme ist sanft. Ich schaue ihn an. Sein Blick sucht mein Gesicht.

In meinem Magen zieht sich etwas zusammen. Das ist gar nicht gut, wie er mich ansieht. Genauso hat Wally mich im Hühnerstall angesehen.

Und mir wird ganz anders, als hätte ich eine Grenze überschritten und keinen festen Boden mehr unter den Füßen.

Aber er hat eine Freundin. Es ist okay.

»Na los«, sage ich. »Bringen wir den Spaziergang zu Ende. Mir wird kalt und ich hab Hunger.«

»Aber es ist so schön hier draußen und dann all die Möglichkeiten abgeschlachtet zu werden«, sagt Rhino und läuft schneller, um mich einzuholen.

»Ja, es ist schön.« Ich stoße den Atem aus wie ein Drache. »Es ist wunderbar. Die Sterne. Wie das Wasser unter uns schimmert. Die Augen der Tiere, die aus dem Farn hervorlugen. Unglaublich. Ich bin so froh, dass wir hergekommen sind.«

»Ich auch.«

Irgendwas stimmt immer noch nicht mit Rhinos Stimme. Ich beschließe, es zu ignorieren. »Jetzt, wo wir hier in der tasmanischen Wildnis sind, könntest du mir doch mal einen tasmanischen Tigerwitz erzählen«, schlage ich vor.

»Therese ...«

Der Klang meines Namens – meines richtigen Namens – lässt mich erstarren. So hat Rhino mich noch nie genannt. Nicht mal Resey hat er mich je genannt.

Ich lasse seine Hand los. »Warum nennst du mich so?«

Wieder ist sein Blick ganz weich.

»Jetzt bist du schon wieder so ernst«, sage ich vorwurfsvoll.

»Manchmal ... muss man ernst sein«, sagt er. Er sieht aus, als ob er zittert. Oder vielleicht zittere ich.

»Ich glaub dir nicht, dass es dir gut geht«, sagt er sanft.

»Rhino«, sage ich leise, warnend.

»Ich weiß nicht, wie es dir gut gehen sollte. Wo du doch jemanden verloren hast, den du ... so geliebt hast. Einen so engen Freund.

Ich meine, wenn ich dich verlieren würde ... Ich ... mache mir Sorgen, ich könnte dich verlieren, Tiger. Du hast gesagt, er hat versucht, es dir zu erzählen, und du hast nicht ... Vielleicht haben deine Freunde recht, Tiger. Vielleicht solltest du mit jemandem reden ...«

»O nein, nicht du auch noch!«, schreie ich. »Was glaubst du denn, was ich vorhab?«

»Ich weiß nicht ...«

Ich zeige hoch zu den Bäumen. »Meinst du, ich nehme mir einen Strick und binde ihn mir um den Hals und klettere auf den Baum und knote den Strick um einen Ast und springe runter und breche mir das Genick?«

»Tiger ...«

»Oder meinst du, ich steige auf die Brücke da?« Meine Stimme wird immer lauter. Ich laufe auf und ab. Ich muss mich bewegen, muss brüllen und alles rauslassen. »Meinst du, ich springe ins Wasser, knalle mit dem Kopf auf die Felsen und verblute hier so einfach?«

Jetzt renne ich. Ich bin ein Mädchen, das im Mondschein zum Wasser rennt. Ich bin ein Mädchen, das am liebsten immer weiterrennen würde, aber das Gefühl hat, sie könnte stattdessen fallen.

»Warum sollte ich das tun?«, brülle ich, während ich renne. »Warum? Ich bin Therese Geeves. Ich bin vollkommen. Ich bin golden. Nur weil meine Eltern mich nicht genug geliebt haben um bei mir zu bleiben, nur weil mein bester Freund mich nicht genug geliebt hat um bei mir zu bleiben, selbst nachdem wir uns geküsst haben. Warum sollte ich mir da irgendwas antun?«

Jetzt bin ich am Ufer des Flusses angelangt. Zerklüftete Eissplitter kalter Nachtluft dringen mir in Mund und Hals. In meiner Lunge ist nicht genug Platz und mein Herz schlägt so schnell, so schnell, so schnell, gleich bleibt es stehen. So schnell kann ein Herz gar nicht schlagen. So kann man sich gar nicht fühlen.

»Tiger! Bleib stehen!«

Aber das mache ich nicht. Ich bleibe nicht stehen. Ich kann nicht. Ich bin so weit gekommen und das Wasser fühlt sich so schön an meinen Füßen an, meinen Beinen, meiner Taille. Es fühlt sich kalt an. Und *echt.* Ich schnappe nach Luft und dann weine ich – endlich weine ich. Ich schluchze und heule und das Gefühl ist so schrecklich und doch so herrlich.

»Tiger!«

Und ich falle.

Ich tauche unter die Wasseroberfläche.

Und alles ist Dunkelheit.

Und es ist so schön, einfach zu fallen.

Doch dann sind da seine Arme um meinen Körper, sie pressen mir die Luft aus der Lunge und ich schlucke so viel Wasser und es schmeckt nach Schmutz und Tod.

Und er zieht mich zurück ins Leben.

Keuchend liegen wir auf dem felsigen Grund des Flussbeckens.

»Scheiße, Tiger«, murmelt er.

Er verschwindet und kommt mit einer Jacke zurück. Er wickelt sie mir um die Schultern. Meine Arme zittern. Meine Haut fühlt sich blau an.

»Geht's dir gut?«, fragt er.

»Dumme F… Frage«, bringe ich mit klappernden Zähnen heraus.

»Du hast mir so einen Schreck eingejagt.«

Es klingt vorwurfsvoll und wütend.

Ich antworte nicht, kann nicht antworten. Also spricht Rhino schnell weiter, wie ein Wasserfall sprudeln die Worte aus seinem

Mund. »So, wie du für Wally empfunden hast, tja, genauso empfinde ich für dich. Und so, wie es dir ging, als er gestorben ist, genauso würde es mir gehen, wenn du stirbst, nämlich katastrophal schlecht. Also ... also mach so was einfach nicht, Tiger. Nie wieder. Ich will doch nur, dass es dir gut geht. Bitte, ja?«

Lange Zeit sagt keiner von uns etwas. Die Geräusche der Nacht erfüllen die Schlucht und es klingt wie eine Symphonie.

Es klingt ... wunderschön.

Es ist einfach wunderschön hier.

Und als ich mich aufsetze, zitternd und nass unter Rhinos Jacke, fühle ich mich ganz kurz lebendig. Richtig lebendig. Als könnte auch das Leben auf seltsame Weise wunderschön sein.

Aber ich friere. Und ich bin nass. Und ich hab einen Mordshunger. Und ich kann hier nicht länger sitzen bleiben, sonst werde ich wahrscheinlich auf der Stelle festfrieren.

»Ich krieg das schon wieder hin. Ich ...«

»Versprich es mir. Du musst es mir versprechen.«

Er schaut mich prüfend an. Sein Hals ist so angespannt, dass die Adern hervortreten.

»Ich verspreche es. Aber ...«

»Kein Aber.«

»Aber«, sage ich, jetzt entschiedener. »Mir ist arschkalt. Und ich hab einen Riesenhunger.«

Plötzlich breitet sich ein wunderschönes Grinsen auf Rhinos Gesicht aus.

»Wir könnten zum Imbiss am Eingang gehen«, schlage ich vor. »Da gibt es Döner, falls du darauf Lust hast. Ich dagegen ... würde alles für ein Curry geben.«

Zu meiner Erleichterung lacht Rhino. »Du bist ganz schön böse, Tiger.«

»Du …«, ich gehe schneller, »übernimmst die Rechnung, wenn ich als Erste am Ausgang bin!«

Zittrig bleibe ich stehen. Meine Füße machen beim Gehen schmatzende Geräusche. Aber ich muss wieder laufen. Diesmal allerdings in die richtige Richtung.

»Die Wette gilt!«, ruft Rhino.

Grölend rennen wir über den windigen Pfad bis zum ersten Becken und jagen den Nachttieren eine Todesangst ein.

Und ich denke: Das ist es.

Das ist das Leben.

Es ist ein Abenteuer.

Obwohl ich nass bis auf die Knochen bin und morgen wahrscheinlich eine fette Erkältung habe.

Obwohl ich gerade in der Schlucht total ausgetickt bin.

Es geht mir gut.

Doch noch während ich renne und lache, weiß ich, dass es enden muss. Und zwar nicht damit, dass ich in einen Fluss renne.

Sondern mit etwas, das Glück bringt. Mit etwas, das ins Leben zurückführt.

Zweiundvierzigstes Kapitel

Danach ist die Stimmung zwischen Rhino und mir lockerer. Wir gehen zum Imbiss und ziehen uns in den Toilettenräumen warme, trockene Klamotten an. Rhino bestellt Pasta und überredet mich zu einer Curry-Pastete. Ich rufe Auntie Kath an, damit sie Bescheid weiß, und er ruft seine Eltern an. Später gehen wir in unsere Hotelsuite – mit getrennten Zimmern – und essen mit großem Vergnügen Mars für vier Dollar aus der Minibar. Dann gucken wir *Doctor Who,* bevor ich mich in mein Bett lege und er sich ins seins.

Am nächsten Morgen um fünf weckt uns mein Handywecker.

Um sechs sitzen wir verschlafen wieder im Bus.

Ich bin total fertig, aber glücklich. Ich bin froh, dass ich dieses Abenteuer erlebt habe. Und ich bin froh, dass ich es mit Rhino erlebt habe.

Aber vor allem bin ich froh wieder nach Hause zu fahren.

In dem Hotel habe ich nicht von Wally geträumt, kein bisschen.

Doch als ich im Bus die Augen zumache, ist immer noch ausschließlich er in meinem Innern.

»Erzähl mir einen Witz«, sage ich zu Rhino.

»Zu müde. Zu hungrig. Zu, zu, zu«, stöhnt Rhino.

»Wenn wir zurück sind, gehen wir frühstücken«, sage ich. »Diesmal zahle ich.«

»Ich will Pfannkuchen«, quengelt Rhino. »Wenn ich mich so schlaff fühle, sind Pfannkuchen das Einzige, was hilft.«

Ich rümpfe die Nase. »Ich dachte eher an Bruschetta mit alten Tomatensorten, Mais und Avocadocreme ...«

»Hipster.« Rhino lacht.

»Proll«, schieße ich zurück.

Wir fahren in unsere Stadt. Hier hat Wally gelebt und hier ist er gestorben, hier wurde ich geboren und verlassen. Hier ist meine Geschichte. Meine Heimat.

Hier sind Auntie Kath und Grandma T.

Der Bus fährt am Strand entlang und ich sehe eine Familie mit einem großen Golden Retriever über den Sand laufen. In meinem Innern spüre ich ein leises Ziehen.

Ich merke, dass Rhino mit mir redet.

»Entschuldige, Rhino. Ich war meilenweit weg.«

»Ich hab mich nur gefragt, ob du Lampenfieber hast wegen heute Abend?« Rhino fährt mit der Hand durch seine ungekämmten Krähenfederhaare und bindet sie mit einem Gummiband zusammen. »Die Premiere?«

Ich denke lange über die Frage nach. Hätte er mich vor ein paar Wochen gefragt, hätte ich geantwortet, dass ich wahnsinniges Lampenfieber habe. Es ist meine erste Hauptrolle, die halbe Schule und noch viel mehr Leute aus der Stadt werden kommen und mir zuschauen. Die Football-Jungs werden auch da sein.

Und Mel und Roz und Peter und Rhino und Flo.

Wally wäre da gewesen.

Aber jetzt?

Wally ist tot und ich stehe aufgetakelt auf der Bühne, mit High Heels und blonder Perücke und werde von einer grünen Schaumstoffpflanze gefressen.

Aber ... da ist immer noch irgendwas. Ich will es immer noch. Ich will immer noch Schauspielerin sein. Mein Magen zieht sich zusammen und ich merke, dass ich tatsächlich ein bisschen Lampenfieber habe. Vielleicht ist doch noch Leben in mir.

»Ich krieg das schon hin«, sage ich nur.

Jetzt kommt unsere Haltestelle. Ich stehe auf und hole meine Tasche aus der Gepäckablage.

Ich spüre Rhinos Hand auf dem Arm. »Hey, es bedeutet mir echt viel, dass du mich bei diesem Abenteuer dabeihaben wolltest.«

»Und mir bedeutet es eine Menge, dass du mitgekommen bist. Und es tut mir leid, dass ich in der Schlucht ausgeflippt bin. Ich war nur ...«

»Normal.« Rhino lächelt. »Du warst genau so, wie jemand sein sollte, dem das alles passiert ist. Es ist in Ordnung. Alles, was du tust, ist für mich in Ordnung.«

Darauf weiß ich nichts zu sagen, deshalb frage ich: »Wie ist es so, Rhino?«

Ich erwarte, dass er lacht, doch er schüttelt den Kopf und steigt aus. Ich gehe ihm nach. »Was ist los?«, frage ich, als ich neben ihm auf der Straße stehe.

»Nichts ...« Sein Lächeln wirkt gezwungen. »Mir geht's gut, mörderisch gut, und ich könnte für ein Frühstück töten, mehr nicht. Aber nicht zu McDonald's, okay? Wir gehen zu The Chapel. Selbst gezogener, fair gehandelter, gequälter Grünkohl und gerupfte Gojibeeren stehen da auf dem Menü.«

»Du wirst es nicht bereuen«, sage ich. »Stuart macht den besten kalt gebrühten Kaffee ...«

»Solange du nicht einen auf Hipsterzilla machst und eine Kombucha bestellst.«

»Versprochen. Und ... wir können ja einen Kompromiss schließen und beides machen. Erst The Chapel und dann Pastete essen bei Banjo's?«

»Abgemacht«, sagt er. »Und dazu lausigen Cappuccino mit zu viel Zucker.«

»Und Dattel-Scones ...«, sage ich mit knurrendem Magen.

»Und dann ... muss ich meinen Schlips umbinden und meine Kniestrümpfe hochziehen und zur Schule gehen«, sagt Rhino. »Und du auch.«

»Damit ist das Abenteuer offiziell beendet.« Ich seufze und setze den Rucksack auf.

»Nur das hier. Wir werden noch viele Abenteuer zusammen erleben, das versprech ich dir, Tiger. Zum Anderswo und überallhin. Aber selbst große Abenteurer müssen mal eine Frühstückspause einlegen.«

Ich möchte überzeugt aussehen, aber ich kann mir keine weiteren Abenteuer mit Rhino vorstellen. Das hier war unser letztes.

Ich schaue hoch in den Himmel. Ich bin zu Hause.

Guckst du mir zu, Wally?, denke ich. *Ich bin immer noch hier.*

Liebe Mum,
Heute Abend stehe ich im Rampenlicht.
Heute Abend klatschen die Leute für mich.
Heute Abend sehen sie mich und dann wissen sie,
dass ich gut bin.
Aber du nicht.
Niemals du.
Doch ich glaube, es ist in Ordnung.
Bestimmt schaut Wally mir zu.

Dreiundvierzigstes Kapitel

Mr Lohrey überreicht mir einen Blumenstrauß. »Dir, Tiger, möchten wir ganz besonders für deinen Einsatz bei dieser Aufführung danken. Du bist so eine starke junge Frau und du hast heute Abend Unglaubliches geleistet. Das macht dein Verschwinden bei der gestrigen Probe allemal wett ...« Er schaut mich mit einem ironischen Lächeln an.

Ich gucke auf meine Füße, die immer noch in den hochhackigen Lackschuhen der Audrey stecken. Ich kann es kaum erwarten, sie auszuziehen und gegen meine Sneaker zu tauschen.

»Das tut mir wirklich leid«, sage ich zu Mr Lohrey. Ich bitte jetzt bestimmt schon zum zehnten Mal um Entschuldigung, dabei ist er gar nicht sauer. Er scheint es zu verstehen.

»Kein Problem«, sagt er. »Das ist jetzt nicht wichtig. Jetzt zählt nur, wie hart du gearbeitet hast und wie grandios du heute Abend warst. Eine Runde Applaus für Tiger!«

Alle klatschen und pfeifen, Jarrod gibt mir sogar einen Kuss auf die Wange. Mandy guckt finster. Ihre Beziehung hängt an einem seidenen Faden.

Wir haben noch zwei Aufführungen vor uns, aber schon jetzt sind alle erleichtert. Heute Abend haben wir Standing Ovations bekommen. Morgen und Sonntag läuft es bestimmt auch gut.

Meine Jubeltruppe ist vollzählig versammelt: Roz, Melody, Peter, Rhino, Flo, Lexi, Grandma T, Granda Craig und Auntie Kath. Jedes Mal, wenn ich auf die Bühne kam, haben sie gejubelt und gepfiffen. Nach dem Song *Somewhere That's Green* hat Peter gebrüllt: »Das war Hammer, Resey.« Er saß mit seiner Freundin zusammen, sie ist Footballfan und heißt Ella. Sie ist wirklich nett und macht den Eindruck, dass sie sich von niemandem was gefallen lässt. Und anscheinend hat sie sein Großmaul endlich zum Schweigen gebracht. Das war alles nur Show, und vielleicht hat es ihm eine Weile geholfen. Er gehört jetzt zu den Football-Jungs, wie er es sich immer gewünscht hat. Aber das hat jetzt wohl seinen Glanz verloren. Entweder das oder er mag Ella einfach lieber.

Oder er hat endlich kapiert, dass Wally recht hatte. Es bringt nichts, so zu tun, als wäre man ein anderer. Und auf lange Sicht wird man damit auch nicht glücklich. Peters Macho-Fassade ist eingestürzt. Und er hat ein Mädchen gefunden, das ihn so mag, wie er ist – und wie er ist, hat er insgeheim immer schon gewusst. Ich freue mich für ihn.

Ich freue mich, dass er gekommen ist und dass auch Melody und Roz da waren. Sie haben mir also verziehen, aber trotzdem kann ich das nicht einfach so stehen lassen. Ich kann nicht einfach so tun, als wäre nichts gewesen. Ich bin hier. Für immer.

Denn auch wenn ich in vielem so bin wie *sie*, bin ich doch in vielem ganz anders. Wir bestehen beide aus vielen Einzelteilen, doch meine Einzelteile passen anders zusammen als ihre. Ich bin kein schlüpfriges Vogeljunges. Ich bin ein Tiger mit Klauen zum Festhalten.

Sie ist gerannt. Wally ist gefallen. Ich bin hier.

Zu Hause auf meinem Schreibtisch liegt eine Karte aus Queensland. *So stolz auf dich, Therese,* steht darauf. *Wir wären so gern dabei gewesen. Viel Glück. Du wirst bestimmt mal ganz großartig.*

So wichtig kann es ihnen nicht gewesen sein, dabei zu sein. Sonst wären sie ja gekommen.

Die Leute, auf die es ankommt, sind hier.

Sogar Wally. Er ist hier. Ich hab es gespürt, als ich auf der Bühne stand. Und ich hab mich tatsächlich golden gefühlt. Zum ersten Mal hatte ich das Gefühl, dass er die Wahrheit gesagt hat.

Nachdem Mr Lohrey gegangen ist, kommen Melody und Roz zu mir und umarmen mich.

»Es tut mir leid, ihr beiden«, flüstere ich ihnen ins Ohr.

Melody schüttelt den Kopf. »Nicht jetzt«, sagt sie. »Jetzt reden wir nicht. Genieß deinen großen Augenblick.« Sie drücken mir den Arm und winken und gehen.

Peter füllt die Lücke und fasst meinen Arm. »Gut gemacht, Resey. Du warst echt toll da oben.«

»Ach, schon gut.« Mein Lächeln erstirbt. Ich starre auf meine Füße. »Hey, hm, du ... du bist bestimmt stinksauer auf mich. Weil es dir echt schlecht ging und ich nicht für dich da war. Und ich wollte dir noch sagen ... Garantiert fand er dich auch golden.«

Peter senkt den Kopf. »Nee, du. Zum Glück fand er das nicht. Ist auch viel zu viel Druck. Ist doch leichter – und macht mehr Spaß – einfach ... normal zu sein. Wenn man nicht golden und leuchtend ist, kann man allen möglichen Quatsch anstellen.« Er grinst frech, dann wird er wieder ernst. »Aber hör mal, Resey, du warst doch für mich da, als ich dich gebraucht hab. Im Bad bei der Trauerfeier. Da brauchte ich dich und du warst zur Stelle. Aber ich war nicht für dich da. Ich müsste dich um Verzeihung bitten. Ich war neulich echt fies zu dir und wir ... wir vermissen ihn ja beide. Wir sollten aufeinander aufpassen, anstatt zu streiten.«

Ich nicke. Mein Gesicht fühlt sich nicht mehr so angespannt an und mein Herz ist ein bisschen voller. »Ich bin so froh, dass du gekommen bist«, sage ich. »Vielen, vielen Dank, dass du hier warst und gejubelt hast und so.«

»Gern geschehen«, sagt er. »Am nächsten Wochenende kannst du mir zujubeln, wenn ich gegen North Hobart spiele.«

Ich bin völlig baff. »Was? Peter – ich meine Johnno –, echt jetzt? Ich dachte, man kann nur für das Team spielen, wenn man zu Beginn der Saison aufgestellt wurde?«

Peter zuckt die Achseln. »Betrachten wir es als Geschenk von Wally.« Jetzt kapiere ich: Es gab eine Lücke im Team.

Peter sieht mir stumm in die Augen. Als ob er auf mein Okay wartet.

»Ich bin stolz auf dich«, sage ich. »Und Wally garantiert auch.«

Peter lächelt. Nickt. Dankbar.

Da sehe ich Ella, die an der Tür wartet. Sie hebt die Hand zum Gruß und ich grüße zurück. Peter sieht aus, als hätte er im Lotto gewonnen.

»Ziehst du heute nicht mit Brad und Pedda um die Häuser?«, frage ich.

Peter bläst die Backen auf. »Nee«, sagt er leise. Er beugt sich zu mir. »Unter uns gesagt, Resey, das sind Arschlöcher.«

Da kommt Auntie Kath, nimmt mich in den Arm und drückt mich fest. »Tiger, ich ... ich platze fast vor Stolz«, sagt sie und lässt mich los. In ihren Augen stehen Tränen. »Morgen Abend komme ich auch. Und Sonntag. Ich könnte dir den ganzen Tag zugucken, wie du singst und tanzt. Du bist so unglaublich toll.«

»Na, na«, sage ich. »Wenn du so weitermachst, steigt mir das noch zu Kopf, Auntie Kath.«

»Und die hier hab ich für dich gebacken.« Verlegen reicht Auntie Kath mir unsere Keksdose. »Um dir zu gratulieren. Es sollen eigentlich Kekse in Football-Form sein. Hab ich bei YouTube gefunden. Die Glasur ist ein bisschen misslungen, aber ich hab sie ganz allein gebacken.«

»Jetzt platze ich aber vor Stolz!«, sage ich und lache. »Echt toll!«

»Und, hm …« Auntie Kath druckst herum. »Tiger, ich wollte es dir nicht vor der Aufführung sagen, aber als ich aus dem Haus gehen wollte, kam ein Anruf aus Queensland. Sie …«

»Können wir später darüber reden?«, frage ich. Mein Herz flattert.

»Natürlich«, sagt Auntie Kath leise.

Da kommt Lexi dazu, die mich umarmt und mir durchs Haar wuschelt. Sie trägt ein T-Shirt mit Sampa the Great drauf zu grünen Skinny Jeans und in der Hand hält sie eine Plastikdose. Mit Baozi drin. Sie duften himmlisch. »Du warst super da oben, kleine Resey«, sagt sie. »Du wirst mal ein richtiger Filmstar.«

»Danke, Lexi«, sage ich und werde rot.

»Du musst bald mal wieder zu uns kommen, bevor Hollywood dich uns wegschnappt!« Sie senkt die Stimme. »Melody würde sich freuen. Sie vermisst dich. Auch wenn sie so tut, als ob sie stark und unbesiegbar wäre, innen drin ist sie weich wie Pudding. Und sie sagt, dass du immer noch nicht über Nick Wallace sprichst.« Sie zieht eine Augenbraue hoch und sieht in diesem Moment genauso aus wie ihre Tochter.

Ich schüttele den Kopf. »Aber bald«, sage ich.

»Ich hab Mellie gesagt, sie soll dir Zeit lassen.« Lexi schüttelt den Kopf. »Meine Tochter ist eine Piranha. Eine Pudding-Piranha.«

Ich lache. »Ja, das ist sie. Aber eine nette.«

»Bis du so weit bist, habe ich dir Baozi gemacht und …« Sie reicht mir einen USB-Stick. »Eine MP3. Da ist meine liebste traurige, wütende und fröhliche Musik drauf. Danach hab ich sie sortiert. Meldoy und ich quatschen zwar die ganze Zeit und analysieren alles bis zum Gehtnichtmehr, aber das mache ich mit ihr nur, weil sie genau das braucht. Du bist da offenbar anders. Du verarbeitest die Sachen auf andere Weise. Bis du so weit bist, dass du reden willst, kannst du die Musik hören – je nach Stimmung. Vielleicht hilft dir das ja.«

»Danke, Lexi«, sage ich und umarme sie noch mal.

»Und du kommst bald vorbei! Ich koche ein Festessen für dich. Das hast du verdient.«

Als Nächste ist Grandma T dran. Sie gibt mir einen Kuss auf die Stirn. »Mein winzig kleines Mädchen«, flüstert sie. »So erwachsen. Bitte versprich mir, dass du mich bald besuchst und im Hühnerstall nach Elfen Ausschau hältst. Ich glaube, ich könnte es nicht ertragen, wenn du dich dafür zu alt fühlst.«

»Niemals«, sage ich und verspreche sie bald zu besuchen.

Und das will ich wirklich.

Ich werde die Elfen besuchen. Und auch Wally. Ich werde mit ihm reden. Ich erzähle ihm, was er verpasst. Aber ich erzähle es ihm ohne Wut. Ich bin nicht mehr wütend. Nicht richtig. Ich weiß jetzt, wie es sich anfühlt, wenn man einfach rennen oder fallen oder fliehen will. Ich wünschte, er hätte gewusst, dass es einen anderen Weg gibt. Dass alles besser werden kann. Aber ich bin nicht wütend. Nur traurig.

Aber als Flo und Rhino auftauchen, ist es unmöglich, so furchtbar traurig zu sein. Meine Freunde. Mein Lachen.

Sie kommen mit choreografierten Spice-Girls-Schritten auf mich zu. Es sieht richtig cool aus und passt total zu ihnen.

»Ich kann nicht bleiben«, sagt Flo, nachdem sie mich herumgewirbelt hat. »Ich muss zur Arbeit. Sie haben mich angerufen. Hm, Jamie war richtig verzweifelt und ...« Als sie seinen Namen sagt, werden ihre Wangen rot.

Ich lege den Kopf schief. »Jamie, was?«

»Wehe, du sagst jetzt was«, knurrt Flo. »Ich erzähl es dir Dienstag, okay?« Gegen ihren Willen muss sie grinsen.

Rhino und ich gucken uns entgeistert an.

»Egal, ich wollte dir nur sagen, dass du super warst«, sagt Flo. »Und ich freue mich. Ich freu mich total, dass du anscheinend klarkommst. Du packst das viel besser als ich nach dem Tod meiner Oma.«

»Wie meinst du das?«, frage ich verwirrt.

»Ich meine, ich hab alles in mich reingefressen und dann bin ich irgendwann mitten in der Mensa komplett ausgerastet. Am Ende musste ich wohl doch reden. Aber wenn Reden bei dir nicht hilft, dann ... egal, tu einfach das, was dir hilft. Ich freu mich nur, dass es dir gut geht, denn ich finde dich toll, Kollegin.«

»Gleichfalls.« Flo nimmt mich fest in die Arme und küsst mich auf die Wange. »Aber ich werde reden. Ich raste nicht aus.«

»Da bin ich froh. Bis später«, sagt sie.

»Grüß den Jamienator von uns«, sagt Rhino.

»Ich geb ihm einen dicken Kuss von dir!«, ruft Flo, schlägt sich die Hand vor den Mund und kichert. Bevor wir noch etwas erwidern können, dreht sie sich auf dem Absatz um und rennt davon.

»Ich glaub, mir kommt gleich mein Taco wieder hoch«, sagt Rhino kopfschüttelnd. »Florence und der Roboter. Wer hätte das gedacht.« Er wendet sich zu mir. »Na ja, um das Thema zu wechseln – denn mir wird ganz schlecht, wenn ich nur an diese Scheußlichkeit denke –, gut gemacht, Tiger.« Er schüttelt mir die Hand. »Hervorragende Arbeit.«

»Danke, Rhino«, sage ich. »Aber ich hab's mir da oben eigentlich nur gut gehen lassen ...«

»Mörderisch gut, was?«, sagt er und grinst. Dann wird sein Blick ernst und richtet sich auf etwas hinter meiner Schulter. »Und hey, ich hab mich gefragt, was du jetzt wohl vorhast. Ich meine, wenn du Zeit hast … Vielleicht könnten wir, du und ich …« Er verzieht das Gesicht und stöhnt. »Scheiße, Therese. Ich versuch gerade dich um ein Date zu bitten.«

Mir bleibt das Herz stehen. »Rhino …«, setze ich an, zu verwirrt, um mehr als seinen Namen rauszubringen.

»Es gibt keine Freundin«, platzt er heraus. »Ich hab gelogen. Haha! Nenn mich Geheimagent Austin Powers. Es gibt nur dich. Und ich weiß, dass … na ja, du und Wally, aber …«

Ich nicke. Er sieht mich nicken, er sieht meinen Blick. Er weiß Bescheid. Seufzt. »Tja, ich bin jedenfalls hier, falls …« Er schüttelt den Kopf. »Hab ich irgendeine Chance? Sag's mir einfach geradeheraus.«

Und ich würde gern sagen: »Ja, klar!« Ich möchte, dass er lächelt. Ich möchte ihm Hoffnung machen.

Aber mit Rhino bin ich immer nur weggelaufen. Und das will ich nicht mehr.

Und wenn ich die Augen schließe, sehe ich nur Wally.

Immer noch.

Ich weiß, dass es nicht immer so sein wird. Es wird besser werden. Ich werde überleben, nach vorn schauen, von etwas anderem träumen als von ihm. Eines Tages werde ich mich wieder verlieben, aber …

Noch nicht.

»Können wir wenigstens für immer Freunde sein, obwohl ich mich gerade total zum Affen gemacht habe? Denn weißt du, dann kann ich diesen Song singen …« Seine Stimme rutscht eine Oktave höher und er singt *Graduation (Friends Forever)* von Vitamin C. Ich bin unendlich erleichtert.

»Na klar! Klar sind wir für immer Freunde, Rhino. Ich will doch nicht den Rest deiner Pasteten-Odyssee verpassen. Aber bitte hör auf diesen grässlichen Song zu singen.«

Rhino macht eine leichte Verbeugung. »Cool. Na, dann pass auf dich auf, Tiger G.«

Sein Lächeln ist traurig. Ich hoffe, er kommt drüber weg. Im Gehen sagt er: »Was ist der dämlichste Name, den man einem Tiger geben kann? Flecki!« Und dann ist er verschwunden.

Ich glaub, er kommt drüber weg.

Vierundvierzigstes Kapitel

Ich sitze ans Bett gelehnt auf dem Fußboden in meinem Zimmer. Ich halte Wallys Trikot in den Händen. Das Trikot fühlt sich nicht mehr an wie ein Ungeheuer.

Auf meinem Computer laufen The Streets – eine von Lexis drei Playlists. Es geht nur um Verlust und Leiden.

Auf dem Boden neben mir stehen ein Becher Kakao und die Football-Plätzchen.

Die Plätzchen sind ein bisschen angebrannt, aber das ist nicht der Grund dafür, dass ich sie nicht esse. Ich rühre auch Lexis Baozi nicht an.

Ich will wissen, was in dem Trikot steht – die andere Botschaft, von der Wally gesprochen hat. Und gleichzeitig will ich es absolut nicht wissen.

Ich hab Angst.

»Ich muss es machen«, flüstere ich. »Ich bin es leid wegzulaufen.«

Meine Mutter ist weggelaufen. Mein Vater ist weggelaufen. Wally ist gefallen. Ich will nicht so sein wie sie. Ich will so sein wie Auntie Kath und Grandma T. Ich will bleiben und mich der Sache stellen.

Ich drücke das Trikot ans Gesicht.

Es riecht nicht nach Wally. Es riecht nach Waschmittel und Staub. Ich fahre mit den Fingern über den Stoff.

Ich drehe das Trikot auf links.

Mein Herz fühlt sich so ungeschützt an wie nie zuvor.

Liebe Mum,
Ich hab Angst.

Fünfundvierzigstes Kapitel

In die Innenseite von Wallys Trikot sind ein Foto und ein gefaltetes Blatt Papier geheftet.

Auf dem Foto sind wir: Wally, ich, Peter, Melody und Roz. Es wurde bei keiner besonderen Gelegenheit aufgenommen. Wir sitzen einfach nur in unseren Schuluniformen auf unserem Stammplatz in der Mittagspause. Ich habe einen halben Schokoladenkeks in der Hand, Wally hat die andere Hälfte. Melody hat den Mund voll mit Baozi und Roz lacht sie aus. Peter streckt dem Fotografen die Zunge raus.

Ich weiß nicht mal mehr, wer das Foto gemacht hat. Wen haben wir wohl gebeten?

Es gab nur uns. Uns fünf. Wir waren alles.

Ich falte das Papier auseinander und bekomme keine Luft mehr. Es ist eine Nachricht in Wallys vertrauter Schrift. Sie ist an uns gerichtet.

Meine Finger fahren über die Worte in seiner komischen Schrift.

Wichtig ist dieses Foto.

Wir.

Wir leuchten, wir brennen, wir sind ein Lied und ein Gedicht und ich –

Gebe es dir.

Das Foto.

Uns.

Denn ich möchte immer bei dir sein.
Das würde ich so gern, aber es geht nicht.
Bitte hass mich nicht dafür.
Ihr vier seid mein Ein und Alles; wichtiger als alles andere.
Ihr seid alle genug. Ihr seid alle vollkommen.
Alle golden. Aber nicht wie massives Gold. Mehr wie Gold, das bricht;
Splittert;
Knackt.
Das Licht hindurchlässt.
Das nicht starr ist, sondern zu allem geformt werden kann.
Ich werde jetzt immer über euch wachen, werde zusehen, wie ihr euch verändert, leuchtet.
Ich werde dafür sorgen, dass ihr glücklich seid.
Bleibt genau so, wie ihr seid, denn etwas Besseres gibt es nicht.
Und denkt daran,
Wichtig ist dieses Foto.
Wir.
Ihr.
Ihr leuchtet, ihr brennt, seid ein Lied und ein Gedicht, und ihr
Müsst euch ständig verändern;
Dürft euch niemals verändern.
Müsst fallen.
Müsst fliegen.
Müsst leben
Für mich.

Vor meinem Zimmerfenster raschelt etwas. Durch die Tränen schaue ich in den Sonnenuntergang. Ein Sperber fliegt hoch zu den Wolken hinauf.

»Wally«, flüstere ich.

Sechsundvierzigstes Kapitel

Auntie Kath steht an meiner Zimmertür.

Als ich aufschaue, sagt sie leise: »Darf ich reinkommen?«

Ich nicke. Ich zeige ihr das Foto und gebe ihr den Zettel, damit sie die Nachricht lesen kann. Sie liest leise. Als sie fertig ist, sieht sie mich an und sagt: »Soll ich Lexi anrufen und sagen, sie soll Melody rüberschicken?«

Ich nicke. »Und Roz und Peter. Bitte.«

»Lexi wird sich freuen«, sagt Auntie Kath. »Sie hat diese Woche schon dreimal angerufen und sich nach dir erkundigt. Sie hat irgendwas von einem Typ namens Urthboy und von Baozi erzählt ...«

Unwillkürlich lache ich und zeige auf die Musikanlage. Da singt gerade Illy einen traurigen Hip-Hop-Song über Erinnerungen, denen man hinterherjagt.

Ich drücke eine Taste auf meinem Laptop und die Musik wechselt zu einem Gute-Laune-Song von Drapht. »Die traurige Musik hat geholfen«, sage ich. »Aber jetzt brauche ich mal was Fröhliches. Und ich brauche meine Freunde.«

Eine Viertelstunde später steckt Melody den Kopf zur Zimmertür herein. Sie setzt sich neben mich.

»Melody, ich bin so scheiß ...«, setze ich an. Ich will das jetzt klären.

»Halt die Klappe, Resey«, sagt sie. »Nicht reden. Das spielt alles keine Rolle, okay?«

»Aber ich bin ...«

»Ich hab gesagt, du sollst die Klappe halten, sonst kriegst du ordentlich Kung Fu auf den Hintern, klar?«

Ich nicke und grinse.

Manchmal klärt sich alles von allein.

»Jetzt komm her.« Melodys Kinn zittert. »Mist. Ich hab mir fest vorgenommen nicht zu heulen.«

Ich nehme meine beste Freundin in die Arme und dann setzen wir uns zusammen hin, schaukeln und weinen, bis wir Peters Stimme hören. »Heilige Scheiße.«

Roz kommt eine halbe Stunde später dazu, als wir auf dem Fußboden liegen, die Bäuche voller Kekse und Kuchen, und uns lustige Geschichten über Wally erzählen.

Sie nimmt sich einen Football-Keks vom Teller. »Die sind angebrannt«, sagt sie. »Auntie Kath?«

»Sie hat's versucht«, sage ich.

Roz zuckt die Schultern. »Ich hab einen Bärenhunger. Ich probier sie mal. Hey, wisst ihr noch, wie wir in Hauswirtschaftslehre mal Kalten Hund gemacht haben und Wally ist Wasser in die Schokolade geraten? Sie ist total klumpig und merkwürdig geworden, aber er hat sie probiert und sie hat super geschmeckt, also haben wir sie einfach aufgegessen.«

»Genau!« Peter schlägt sich vor die Stirn. »Das hatte ich ganz vergessen. Wir wollten was richtig Tolles damit machen und es als »Wally Wonkas wundersam wohlschmeckende Wokolade« vermarkten.

»Wokolade! An Wokolade erinnere ich mich!«, rufe ich. »Hey! Lasst uns Wokolade machen!«

Also gehen wir in die Küche und da ist auch eine Tafel Vollmilchschokolade. Es ist Kaths edle Lieblingsschokolade, die ich normalerweise nicht anrühre, aber in diesem Fall mache ich mal eine Ausnahme. Für Wokolade sollte man nur beste Zutaten verwenden. Während ich die Tafel in kleine Stückchen zerbreche, holt Peter einen Topf und Melody und Roz kramen Löffel und Butter hervor.

»JC würde Wokolade lieben.« Melody seufzt und starrt mit einem glücksseligen Grinsen in den Kühlschrank.

»Du liebst sie, oder?«, frage ich.

Melody nickt. »Es ist ein herrliches Elend.«

»Ich dachte, Feministinnen glauben nicht an die Liebe.« Peter sieht sie spöttisch an.

»Du hast eine ganz verkehrte Vorstellung davon, was Feminismus ist«, sagt Melody. »Ich habe große Hoffnung, dass Ella das zurechtbiegt. Ich habe mit ihr viel über intersektionalen Feminismus geredet. Sie interessiert sich sehr für das Werk von Nnedi Okorafor – wusstest du, dass deine Freundin feministische Science-Fiction liest? Aber zurück zu deiner Theorie, dass Feministinnen die Liebe ablehnen, dazu hat Gloria Steinem gesagt, in einer Beziehung zu sein, bedeute grenzenlos zu sein, nicht eingegrenzt. Und außerdem …«

»Schon gut! Schon gut! Es reicht, Germaine Greer.«

»O nein«, sagt Melody finster. »Komm mir bloß nicht mit der.«

Peter ignoriert sie einfach. »Können wir jetzt endlich mal Wokolade machen? Mann!«

»Aber willst du nichts davon hören …«

»Ich hab Wally geliebt!«, fahre ich dazwischen und starre auf meine Fingerspitzen. »Und er hat mich auch geliebt. Er hat mich geküsst. Das ist die geheime Erinnerung, die er meinte.«

Augenblicklich hören Melody und Peter auf zu zanken. Alle drei lassen die Küchengeräte sinken und umringen mich, hüllen mich ein. Und ich weine, bis ich ganz leer bin.

»Ich hab gewusst, dass er dich geliebt hat«, sagt Peter. »Ich hab es immer schon gewusst. Er hat es mir in der siebten Klasse erzählt. Ich musste ihm versprechen, es nicht weiterzusagen. Er hat sogar Gedichte über dich geschrieben. Sie waren nicht mal übel.«

Ich diesem Moment wünsche ich die Jahre weg. Ich möchte in die Vergangenheit fliegen und es damals schon *wissen*.

Aber Peter kann nichts dafür. Und keiner von uns kann jetzt etwas sagen außer »Wenn doch ...«.

Peter und ich sagen es im selben Moment. Keiner von uns redet weiter, denn wir wissen auch so, was das Ende wäre.

»Es tut mir so leid«, sagt Melody mit kleiner, erstickter Stimme. »Ich hab dir geraten noch zu warten ...«

»Macht nichts«, sage ich, denn das hat Grandma T immer gesagt, wenn ich traurig wurde, als ich noch klein war. Und weil auch Melody nichts dafürkann. »Macht nichts.«

Und nachdem wir uns noch eine Weile umarmt und geweint und uns getröstet haben, wische ich mir die Augen. »Also dann. Wokolade.«

Als Auntie Kath mit neuem Material für ihre Skulpturen wiederkommt, ist die Küche von Rauch erfüllt und wir sitzen alle vier mit Schokolade am Kinn auf dem Fußboden.

»Kann ich mitmachen?«, fragt Auntie Kath.

»Na klar!«, sage ich. »Ich hab schließlich deine Schokolade benutzt.«

»Überhaupt kein Problem.«

Auntie Kath lässt sich auf den Fußboden rutschen. Sie steckt den Finger in den Topf mit Schokolade und stupst mir damit die Nase.

Ich stupse zurück.

Eine Nasestups-Schlacht zwischen uns allen bricht los.

Und in diesem albernen Moment, mit vier der Menschen, die ich am liebsten habe, bin ich froh.

Weil ich weiß, dass Wally immer noch bei uns ist.

Und es immer sein wird.

Siebenundvierzigstes Kapitel

Auntie Kath sitzt mir gegenüber und tut so, als läse sie in einem Kunstmagazin.

Ich starre auf das Telefon.

Meine Schachtel steht zwischen uns auf dem Fußboden. Sie ist leer und der Inhalt ist in Auntie Kaths *Not Just Books*-Stoffbeutel und kann Dienstag abgeschickt werden. Wir schicken meine Andenken immer dienstags ab.

Ich wollte ihr immer zeigen, dass ich auch ein tolles Leben habe, während sie Abenteuer erlebte.

Ich konnte alles machen.

Alles sein.

Und, so dachte ich, wenn ich ihr alles erzähle, was ich mache und was ich bin, und alles in eine Schachtel packe und dann in einen Umschlag stecke, dann wüsste sie, dass es sich lohnt, zu mir nach Hause zurückzukommen.

Und jetzt ist sie endlich nach Hause gekommen. Aber nicht zu mir.

Marrakesch, Goa, Südkorea, Mongolei, Kuba, Südafrika, Türkei, Norwegen, Finnland, Island, Ägypten, Peru, Schottland ...

Überall dorthin haben wir meine Andenken geschickt. Jedes Mal, wenn sie umgezogen war, bekamen wir eine Mail mit dem Betreff »Neue Adresse«. Und in der Mail stand nichts als der Name des Orts, an dem sie für die nächste kurze Zeit wohnen würde, der Ort, an den wir meine Andenken schicken sollten.

Kalifornien, Simbabwe, Dublin, Minsk, Alberta, Neukaledonien, Papua-Neuguinea, Denpasar, Mexico City, Prag ...

Und wenn wir das nächste Mal an einem Dienstag zur Post gingen, schrieben wir die Adresse vorn auf den Umschlag.

Vor sechs Monaten stand schließlich in der Mail:

5 Lily Avenue

Ascot QLD 4007

Die Adresse meines Vaters.

Sie hatte aufgehört zu reisen.

Ich weiß nicht, ob Queensland für sie die richtige oder die falsche Richtung ist. Mein Vater hat in seinem Brief nur geschrieben, dass sie jetzt bei ihm lebt und dass sie es sehr schön fände, wenn wir irgendwann reden könnten. In meiner Antwort habe ich sie nicht erwähnt. Ich habe nicht versprochen anzurufen. Ich habe einfach am Dienstag darauf meine Andenken an die Adresse meines Vaters geschickt. Und dann habe ich die Gedanken daran weit weggeschoben.

Sie hat nie angerufen. Und nie geschrieben.

Sie hat darauf gewartet, dass ich mich melde.

Bis zu dem Abend meiner Aufführung, als sie Auntie Kath angerufen hat. Da wusste sie, dass ich nicht zu Hause sein würde.

Auntie Kath glaubt, dass sie nervös ist und deshalb darauf wartet, dass ich den ersten Schritt mache.

Ich glaube, sie ist feige.

Auntie Kath löst das Kreuzworträtsel in ihrer Zeitschrift. »Christina Booth«, murmelt sie. Sie blickt immer noch nicht auf. Sie weiß, dass es meine Entscheidung ist.

Ich streiche mit den Fingern über die Tasten des Telefons. Die Nummer kann ich inzwischen auswendig. Ich weiß, dass es mutig wäre – richtig tigermäßig –, die Nummer zu wählen.

Aber es ist sechzehn Jahre her, dass ich ihre Stimme gehört habe. Und ich weiß nicht mehr, wie sie klingt.

Die erste Stimme, an die ich mich erinnere, ist die von Auntie Kath.

Die erste Umarmung, in der ich mich geborgen gefühlt habe, ist die von Auntie Kath.

Der erste Strandspaziergang, die erste Geschichte, das erste Lied, das erste An-den-Händen-Fassen, das erste Auskitzeln, der erste Witz – alles mit Auntie Kath.

Meine Mutter saß tagelang mit der Hand an der Glasscheibe da, bis sie mich halten durfte. Sie hielt mich ganz fest, während ihr die Tränen über das Gesicht liefen.

Dann wurde sie krank. Sie hielten sie von mir fern, in ihrem eigenen Zimmer, wo sie gegen die Infektion kämpfte. Wochenlang lag sie im Krankenbett, nur ein paar Zimmer vom Säuglingssaal entfernt.

Sie hat nicht darum gebeten mich noch mal zu sehen. Kein einziges Mal.

»War immer in die falsche Richtung unterwegs«, sagt Grandma T.

Jeden Tag, an dem sie mich nicht besucht hat, ist Auntie Kath gekommen. Sie hat mir mein erstes Fläschchen gegeben. Sie hat mir die Windeln gewechselt, meine Beinchen gestreichelt, meinen Kopf mit dem Haarflaum geküsst und bei den Impfungen meine Hand gehalten.

Meine Mutter hat sich nicht mal verabschiedet.

Nachdem sie weggelaufen ist, hat mein Vater bei Auntie Kath gewohnt. Er hat versucht mir ein Vater zu sein. Doch immer, wenn er mein Gesicht sah, sah er meine Mutter und er konnte den Schmerz nicht ertragen.

Also blieben wir nur zu zweit: Auntie Kath und ich. Und sie hatte mich wahnsinnig lieb. Sie war die einzige Mutter, die ich je kennengelernt habe.

Tiger hat sich heute zum ersten Mal umgedreht.

Tiger isst nichts als Bananen.

Tiger braucht die nächste Kleidergröße – schon wieder! Das heißt schon wieder ein Trip zu so einem irrwitzigen Strampler-Laden!

Tiger hat die Zunge rausgestreckt!

Tiger hat heute zwanzig Windeln gebraucht!

Tiger hat den ersten Schritt gemacht.

Sie hat alles für ihre Schwester aufgeschrieben, die weggegangen ist. Sie hat ihr mein Leben in Worten hinterherschickt. Aber ihre Schwester hat nie geantwortet.

Und nie angerufen.

Auntie Kath hat gesagt, sie könnte es nicht; es würde ihr zu sehr wehtun, mit mir zu sprechen. Was sie getan hatte, würde dann real werden. Es würde ihr das Abenteuer verderben. Aber jetzt ist sie zu Hause. Das Abenteuer ist zu Ende. Meine Mutter will mit mir reden, aber nur, wenn ich ihr entgegenrenne.

Ich schaue auf meine Schachtel, auf das, was darin war und jetzt in dem Stoffbeutel ist. Und ich denke an Wallys Botschaft – an das Foto und seine Nachricht.

Und ich denke an die Menschen, die mir etwas bedeuten: Melody. Roz. Peter. Flo. Lexi. Grandma T. Granda Craig. Rhino.

Wally.

Und Auntie Kath, die mir die Windeln gewechselt und mich geknuddelt und gekleidet und mit mir gelacht und gespielt und mir angebrannte Football-Plätzchen gebacken hat.

»Luke Wagner«, murmelt sie. »Und ... Kit Hiller! Na, das war ja mal einfach.«

»Ich rufe nicht an.«

Auntie Kath blickt auf. Sie nickt. »Okay«, sagt sie.

Sie fragt nicht, warum. Sie weiß es.

»Auntie Kath?«

»Tiger.«

»Ich dachte mir … vielleicht müssen wir die Sachen nicht mehr schicken. Wenn das okay ist.«

Wieder nickt sie. »Ich glaub, das ist okay, Tiger.«

»Und … ich glaube, ich bin jetzt bereit für ein Treffen mit Mrs Koetsveld. Kannst du einen Termin für mich machen?«

»Heute?«

Ich schüttele den Kopf. »Bald. Aber nicht heute.«

Auntie Kath nickt. »Ich rufe sie nachher an.«

»Was hast du heute noch vor?«, frage ich.

Auntie Kath zeigt auf ihre Zeitschrift. »Na ja … Megan anrufen. Das Kreuzworträtsel fertig machen. Versuchen ein paar Bananenmuffins zu backen, diesmal mit Banane drin. Eigentlich nicht viel. Warum? Hast du was vor? Möchtest du dich mit deinen Freunden verabreden?«

Ich schüttele den Kopf. »Die sehe ich bald. Ich dachte mir … du und ich. Hast du Lust auf ein Abenteuer?«

Auntie Kath legt den Kopf schräg. »Klar, Tiger«, sagt sie. »Wohin möchtest du denn?«

»Egal wohin«, sage ich. »Hauptsache, mit dir.«

Lieber Wally,
Kannst du mich noch sehen?
Ich werde dir weiter schreiben.
Du sollst wissen, dass es mir gut geht
und dass du für mich immer
Golden sein wirst.
Du sollst mich hier unten sehen,
Auf der Erde ...

Wie ich tanze.

Hilfsangebote für Jugendliche
– Anonym und kostenlos –

www.nummergegenkummer.de – 116 111 oder 0800/111 0 333
Sofortige Hilfe per Telefon oder E-Mail
(Mo bis Sa: 14 bis 20 Uhr – samstags beraten Jugendliche).

www.telefonseelsorge.de – 0800/111 0 111 oder 0800/111 0 222
Rund um die Uhr Soforthilfe per Mail-, Chat- oder Telefonberatung.

www.deutsche-depressionshilfe.de – 0800/33 44 533
Hilfe und Informationen zur Erkrankung Depression.

www.youth-life-line.de
Online-Beratung in akuten Krisen und bei Suizidgefährdung.

www.jugendnotmail.de
Austausch in Themenchats oder Einzel-Online-Beratung.

www.u25-deutschland.de
Mailberatung von ausgebildeten Gleichaltrigen und Informationen zu verschiedenen Themen sowie Standorte in zehn deutschen Städten.